EX LIBRIS

Evelyne Nicod

SCHIZZI E RITRATTI

fatti e misfatti

MILANO

GATTERIA

MMXXII

SCHIZZI E RITRATTI

fatti e misfatti

DI

EVELYNE NICOD

a cura di RODOLFO PARDI

Editore: Gatteria®, Milano, www.gatteria.it

Edizione cartacea 2

Data pubblicazione: 14 febbraio 2022

ISBN 9791280330413

INDICE

Frontespizio
Prefazione
Introduzione

11 1 Carlotta la solitaria

29 2 Elena, la musicista

47 3 Maristella, Silvia, madre e figlia

75 4 Stefania l'idealista

85 5 I contrasti

103 6 Non è mai troppo tardi

123 7 Le gemelle

139 8 Una bella famiglia

151 9 Ritrovarsi

L'autore

Prefazione

Le novelle sono un modo di scrittura che prediligo, scavare senza pensare permette di seguire un filo rosso tra le varie storie che legano o dividono i personaggi.

Con questo esercizio si possono mettere in scena i soliti sentimenti, amore, odio, disastri, gioie, in situazioni molto diverse, che alla fine formeranno un insieme omogeneo.

Introduzione

Sono ritratti di donne, più che altro degli schizzi, che raccontano percorsi di vita, spesso significativi di una certa epoca, quella che l'autrice conosce meglio.

I personaggi di Carla, Mimma, e le altre, si inseriscono sul nostro cammino, qualche volta ci somigliano, le abbiamo conosciute, da vicino, molte furono compagne di viaggio nella nostra vita.

Fanno parte da decine di anni di un teatrino, così vivo che le si può descrivere anche in dettaglio, non solo nei caratteri e nelle vicissitudini incontrate, ma pure nel fisico, come ci nutrivamo, vestivamo.

Siamo tutte un po' loro, per sempre. Si tratta però di finzione, se no dove sarebbe il divertimento.

La realtà fugge all'autrice, preferisce inventarsi di sana pianta questi scenari: come un disegno, si sa come si comincia ma non come finirà, ingarbugliato o liscio, che importa!

Dedicato a tutte le amiche di un lungo percorso.

Con affetto

Una serie di brevi storie indipendenti, di personaggi femminili:

- Una donna anziana alle prese con una sua vicina di casa giovane musicista, con una vita amorosa per lo meno movimentata.

- La musicista mette a nudo le sue contraddizioni.

- Seguire una vocazione, la medicina, per Maristella indipendente feroce, e Silvia veterinaria animalista dall'infanzia, grande idealista.

- Un'idealista convinta.

- Fina è una ragazza piena di complessi e di rabbia, vendicativa, invidiosa, non è simpatica anche se nasconde bene i sentimenti.
Camilla si sognava una nuova Callas, diventerà la compagna di un cantante famoso.

- Maddalena buona coscienza e devota, s'innamora nella cinquantina di un uomo sposato, diventa lo zimbello del quartiere, fugge nelle Canarie e scopre una seconda vita molto gratificante.

- Le classiche gemelle fisicamente uguali, ma di temperamento diverso.
Lilli segue un destino classico, Nora è la testa pensante, selvaggia, individualista, poi la vita segue il suo corso.

- Uniti per sempre, nasce una bambina che piena di carattere crea un'attività dal niente.

- Storia di due amiche che si ritrovano in vecchiaia e rimaste sole , decidono di vivere in vicinanza e si raccontano.
Carla una vita movimentata, politica, amorosa, e Mimma la donna di un solo uomo.

1 Carlotta la solitaria

Sono le cinque del mattino, il sole filtra attraverso le tapparelle, Micia, sveglissima, salta sulla mia spalla e minaccia rappresaglie se non ci si muove alla svelta in direzione della cucina, operazione ciotola vuota.

Povera me, non trovo gli occhiali, inciampo nel tappeto, non so più come mi chiamo e sono là, rimbambita, a piedi nudi sulle piastrelle ghiacciate, a cercare la busta miracolosa che mi assicurerà un altro po' di sonno. Divora in fretta, vomita tutto tra i piedi del tavolo e sul tappeto, ovviamente. La giornata promette bene, non c'è che dire.

Siamo in primavera inoltrata, mi chiamo Carlotta, sono vecchia, anzi ancora di più, vecchissima, vivo da sempre con degli animali, cani e gatti. In questo momento la mia coinquilina si chiama Micetta, abbandonata incinta, vive con me da qualche mese soltanto, impariamo a conoscerci, io dormigliona, indaffarata poi fino a mezzanotte, lei sonnecchia e alle venti in punto rancio pronto nella ciotola seguito da sonno profondo sulla trapunta del mio letto, in mezzo al piumone più tardi. Ci sono dei brevi intervalli di gioco con un bastoncino provvisto di piume che la fa impazzire.

Sono un'artigiana che lavora ancora, restauro libri antichi, soprattutto le rilegature in pelle.

Il mio abitacolo è una specie di loft ante litteram, nel passato si diceva un grande monolocale, che utilizzo come studio, stanza da pranzo, salotto e camera più servizi, di 130 mq, situato al pianterreno di uno stabile centenario, vicino ai giardinetti. Sono sessantacinque anni che ci abito, accumulando di tutto, incapace di gettare nemmeno la carta da imballaggio.

Micetta è la solita soriana tigrata, minuta, testarda, permalosissima.

L'età mi rende nervosa, non riesco a metabolizzarla, mi fa schifo e basta, il cervello è a Est e il corpo a Ovest, non s'incontrano mai, la miseria!

La Micetta ha più o meno cinque anni, dixit la veterinaria che l'ha sterilizzata, è passata dallo statuto di senza tetto in montagna da contadini, a quello di cittadina, con chip, passaporto, vaccinata, gatta di casa sedentaria. È molto paurosa, non si fida di nessuno, nemmeno della sua ombra, la mia casa è un porto di mare, approdano esseri di tutti generi a qualsiasi ora, il che non è gradito alla bestiolina, che mi fa il broncio, arrabbiatissima.

Quante banalità, direte voi, a quanti interessano le storie di una vecchietta e della sua gatta? A me, se non altro, e con molto gusto.

Tutto ebbe inizio poco prima dell'arrivo della tigrotta. Una ragazza giovane si stabilì al secondo piano, ci furono lavori infiniti, un baccano d'inferno, poi finalmente il trasloco. La incontrai sul pianerottolo in compagnia del suo cane, un meticcio rosso come lei. Una bellezza al naturale, simpatica, chiacchierona e che ride di gusto. Dopo qualche mese prese l'abitudine di fermarsi da me per scambiare qualche parola. Come ve l'ho già detto, casa mia è un porto di mare, si incontra una varietà umana interessante. Micetta si rintana sotto il letto al minimo rumore e controlla la situazione.

Nel passato insegnavo storia dell'arte all'Accademia, certi miei allievi mi vengono ancora a trovare. Paolo X era il mio prediletto, amava il disegno, la rilegatura, i libri, i cani e i gatti. Ne avevo tre. Abbiamo preso l'abitudine di pranzare assieme, una volta alla settimana, cucino il risotto come nessuno. La bella ragazza del secondo piano è pianista, suona nell'orchestra al Conservatorio, si chiama Elena. Si sono incontrati davanti a un piatto di riso basmati, salmone e zucchine. Le guardavo incredula, sembravano fatti su misura, lui impallidiva, lei arrossiva.

Sono romantica, nubile per scelta, ho avuto un buon numero di fidanzati, legami quasi lunghi, mi piantavano perché l'erba del vicino era sempre più verde. Ho amato un solo uomo, era sposato, lo è rimasto, eccomi qua.

Paolo è prof di storia dell'arte all'accademia, di statura media, carino con un bellissimo sorriso, scapolo per vocazione. La pianista potrebbe essere una modella, ha degli occhi chiari stupendi, delle gambe affusolate, femminile senza ostentazione, si veste di jeans e di magliette, un viso di Madonna alla Botticelli.

Romeo e Giulietta alla mia tavola, li trovo così bene abbinati! Un solo problema, sono timidi e sono ripartiti ognuno per la propria strada, lei con le guance cremisi, lui tremolante.

Elena è fidanzata con un violinista che trovo orrendo, ma sono parziale, lo ammetto.

Paolo naviga in acque torbide con una giornalista del Corriere, dice di esserne innamorato ma la tradisce una volta al giorno e sembra che lei faccia altrettanto con un suo collega. Che stupidi a perdere tempo in questo modo.

Racconto a Elena il mio amore a senso unico perché si svegli.

Sono ormai trentacinque anni che sono la "back street" di un uomo, ancora adesso il mio cuore martella al suo arrivo, per due ore, mai di più. Niente feste, vacanze, solo qualche weekend rubato, non ci posso fare niente, va bene così, non ero tagliata per la vita in famiglia, sembra.

Elena desidera sposarsi con il violinista, ma ho visto la sua reazione istintiva di fronte a Paolo e sorrido.

Paolo mi chiese di invitare la bella madonnina a pranzo, un'altra volta. Sono incerta sul da farsi, mi scoccia fare da mediatrice, se la devono vedere da soli.

Si incontrano davanti allo stabile e al solito Elena arrossisce, bussano alla mia porta e si invitano senza perdersi di vista un secondo. Volano in alto sulla nuvola dove Cupido li colpisce, poveri noi.

Paolo diventa un visitatore del secondo piano assiduo, quando il violinista si assenta. Non ho precisato che i musicisti convivono da anni, ma la casa appartiene a Elena.

Penserete che io faccia la portinaia della casa, dal mio pianterreno, ma non è vero, è la prima volta che mi capita, lo giuro.

Elena mi confessa di aspettare un bambino dal violinista, ma che impazzisce per Paolo.

Storia dei nostri tempi, abortisce in fretta e furia e grazie a una serie di concerti all'estero, non incontra Paolo per mesi che non si dà pace. Per la prima volta sembra innamorato per davvero, niente farfallonate nel suo solito giro.

Elena tornò con il suo compagno, non aveva più il sorriso sulle labbra, era dimagrita e sembrava sempre assorta.

Il violinista, attraversando la strada, finì sotto le rotaie del tram e morì sul colpo, davanti alle mie finestre. Non mi era mai piaciuto, ma era orrendo.

Elena sembrava un'eroina alla Jane Austen, vedova, disperata e attirata da un Paolo distaccato, non sapendo come reagire di fronte a questa tragedia.

Non voleva mettere su famiglia con Elena, aveva da poco ottenuto una cattedra in un'università a Berlino, ci teneva molto, magari troppo, se ne andò.

Elena cenava da me, coccolava la Micetta e portava a spasso il suo cane. Non piangeva mai, suonava sul mio piano, ascoltavo osservandola così rigida, la mia Giulietta senza il suo Romeo aveva perso la sua luce.

Mi parlò del suo rapporto col violinista, che si chiamava Federico. Si conoscevano dall'infanzia, avevano studiato al conservatorio, due prodigi che furono immediatamente accolti nell'orchestra, qualche volta da solisti, vivevano per la loro arte, si volevano bene ma non c'era mai stata la passione come quella che la legava a Paolo. Il figlio che aspettava era di lui, ne era sicura.

Federico aveva scoperto Elena e Paolo abbracciati nel parco vicino, era sconvolto e finì sotto il tram. Non ci potevo credere, l'avevo visto attraversare come un pazzo, Elena era convinta che fosse la causa della disgrazia. Nello stesso tempo smaniava per Paolo che non dava più notizie, era fuggito a Berlino appena scoperta la sciagurata fine del musicista.

Paolo teneva Elena stretta contro un albero e si baciavano, lei aveva aperto gli occhi e intravisto da lontano Federico che correva all'impazzata in direzione dei binari. Fine.

Che perversa può essere la vita. Si respirava un'aria così cupa che non avevo più voglia di uscire dalla mia tana. Temevo le visite di Elena che ammise che non si sentiva nessun senso di colpa, era disperata per la morte di un caro amico, della crudeltà del destino, era di per sé una situazione difficile, bastava così. Aveva un bisogno fisico di Paolo, non ce la faceva più senza di lui.

Partì per Berlino senza avvisarlo, sapendo la sua ritrosia nei suoi confronti, non volevo essere partecipe di questo dramma.

Non fu accolta a braccia aperte, me lo disse al telefono piangendo. Paolo viveva con sei coinquilini uomini e donne di varie provenienze, in un immenso appartamento art déco. Si rideva, si beveva, si respirava un'atmosfera da collegio con gente sulla trentina. Tre erano scrittori famosi in Germania, tre professori universitari, tutti stampigliati intellettuali militanti.

Elena stonava in mezzo al gruppo, l'artista si sentiva un'intrusa, Paolo non la aiutava a integrarsi. Una ragazza ungherese le tese una mano quando scoprì la sua storia. Insegnava il greco, pluridiplomata, dottoressa molto apprezzata nel suo campo. I Berliner erano il sogno di Elena, l'orchestra diretto dal grande Maestro, il livello massimo, i migliori del mondo, la prof la portò a un concerto che cambiò la vita della pianista. La perfezione, l'esecuzione magistrale la sconvolse. Il suo futuro sarebbe stato là o niente. Ci sarebbe voluto un bel po' di lavoro, era cosciente del suo livello, ma anche del suo valore.

Paolo faceva il duro, ma pian piano la sua corazza s'incrinò e i rapporti con Elena migliorarono.

Lei aveva delle crisi di angoscia che le toglievano il respiro, ma non mollava Paolo.

Per progredire. Elena doveva studiare con un maestro, in Italia, e dopo l'ennesimo bisticcio con Paolo, si lasciarono per sempre. Era un rapporto malsano, a senso unico, lui negava, dicendo che teneva a lei più di quanto pensasse.

Elena prese l'aereo e se ne tornò a casa.

Venne da me ancora prima che a casa sua. Tenevo io il suo cane che le saltò addosso, la leccava e si fece la pipì addosso dall'emozione. Lui sì che le voleva bene, Micetta fu felicissima che il cane se ne andasse.

Elena studiava con un professore molto quotato, portava a spasso il suo cane, veniva da me a bere l'infuso di tiglio serale. Parlava solo di lavoro, Paolo era diventato il tabù assoluto. Conoscevo questo ragazzo da decine di anni, era stato un mio studente, avevamo stretto un'amicizia basata sui libri che ci scambiavamo, non lo riconoscevo nel personaggio odioso che mi descriveva Elena. Può il sesso snaturare qualcuno a questo punto? Mi mancava questo ragazzo, non mi telefonava più, non era giusto perdersi in malo modo.

Federico era senz'altro sconvolto di trovarseli davanti a amoreggiare, a due passi da casa, erano due cretini persi dai sensi, non si può passare il resto dei giorni a colpevolizzarsi, ma d'altra parte morire a ventidue anni con ultima visione della tua amata abbracciata a un tizio...

Stavo cucendo un bellissimo libro ottocentesco in pelle stinta verde, il testo era pomposo, scritto male e noioso, banale, ma chissà perché, illustrato da meravigliose puntesecche, misteri editoriali!

L'arte aiuta a vivere, gli animali pure, Elena sorrideva quando suonava, il suo tocco forte e delicato celebrava le pagine di Brahms con una sensibilità straordinaria. Ammiravo la sua capacità di capire un'opera alla sola lettura dello spartito, s'illuminava, studiava le frasi, il suo mondo era lo stesso del suo ex compagno, uno strazio, non se ne usciva.

Decise di vendere il suo appartamento, se ne andò a Vienna a studiare con un professore rinomato, portò con sé il cane e fu felice della sua partenza, mi sentivo sollevata.

Il solito baccano di ristrutturazione dei nuovi proprietari, due anziani, lui ex ingegnere edile, lei ex insegnante, a riposo da secoli, due cagnotti bassotti che abbaiano a perdifiato appena arrivati per strada. Mi salutarono, scusandosi per il trambusto, lei molto simpatica, rotondetta, lui gran lettore di quotidiani. La coppia di bassotti, chiamati Pippo e

Pippa, ex marito e moglie, ormai sterilizzati, erano buffissimi visti da dietro con le loro codine a spaghetto, belle diritte, le zampine trotterellanti, le orecchie molli ondeggianti, e quando ti guardavano, due paia di occhietti furbi ti fissavano benevoli aspettando un biscotto seguito da una carezza sul loro pelo nero così lucido che sembrava dipinto. Il loro naso lungo lungo sniffava ogni centimetro del perimetro della casa, li adoravo.

La Signora Adriana, con il suo doppio guinzaglio, li portava a spasso presto il mattino, l'Ingegnere il pomeriggio e la sera.

Ci siamo incontrati alla riunione condominiale, abbiamo simpatizzato e andavamo di frequente prendere l'aperitivo all'aperto, avendo attraversato mezzo secolo con i medesimi ricordi, ci divertivamo a rifare le vetrine di cinquanta anni fa, in via Manzoni, Monte Napoleone, la Biki, Mila Schön. Adriana aveva un gran senso dell'umorismo, la mente vispa, qualche volta tagliente, l'ingegnere studiava Dante all'università della terza età e veniva spesso a guardarmi lavorare.

Devo precisare che sono stata prof di storia dell'arte al liceo Artistico. Mi sono specializzata in seguito in rilegatura per il mio piacere personale, dopo la pensione, è diventato un lavoro con il passa parola e mi sono fatta una clientela fedele.

Ve l'ho già detto, c'è un uomo nella mia vita da più di quaranta anni, un ex collega, prof di lettere classiche.

Non sono mai stata sfavillante ma nemmeno brutta, abbastanza piacente da attirare l'attenzione di Mario. Mi faceva la corte all'antica, non mollava, era sposato con la preside di una scuola media, padre di tre bambine, fedele finora, che diceva lui, non l'ho mai creduto.

Non era una passione folle, stavamo bene insieme e, dopo qualche mese, il legame si rese concreto, diventando amanti a casa mia. Non ero un'oca bianca, né una vergine folle, avevo conosciuto degli amori gradevoli, ma Mario era il primo che si dava da fare per farmi piacere il sesso. Avevo trentaquattro anni, una vita nuova mi si stava aprendo, due volte alla settimana, dopo la scuola, il famoso francese "cinq à sept" ci riuniva a casa mia. Era così eccitante guardare l'orologio alla fine della lezione, arrapata come poche in metropolitana, arrivare a casa correndo, aprire la porta quando suonava il campanello e buttarsi addosso ridendo e giocare ancora con gusto ad Adamo ed Eva.

Siamo vecchi, la preside ha l'Alzheimer da sette anni, una sola figlia è rimasta a Milano e dà una mano a suo padre accanto alla badante filippina.

Viene da me a giorni alterni a pranzo, è sempre di buon umore, cura sua moglie senza lamentarsi. Facciamo un riposino in camera, chiudo le persiane, ci abbracciamo e qualche volta ci scappa qualche giochino, di rado, non ne sentiamo più il bisogno. La sua amicizia mi scalda il cuore. Non ho conosciuto la maternità, vedevo degli adolescenti a scuola e mi bastava.

Avevo molti amici, un tempo, quando praticavo lo sci da fondo, ci divertivamo a gareggiare, lo sci club era molto misto, ero l'unica nubile. Ci s'incontrava di sera, per allenarci al Forlanini, il parco vicino a Linate, l'aeroporto. Spesso faceva un freddo cane, la nebbia ti entrava nelle ossa, ma niente ci fermava. Il sabato, tutti in macchina con le scioline e si percorrevano chilometri per arrivare in fondo a valli sperdute dove ci aspettava la gara. Cene in alberghetti rifugi, segreti di sciolinatura, c'erano pure dei "coach" che ci mettevano la pressione. Giocavamo a diventare dei campioni, certi erano molto bravi, la maggiore parte era di capacità modesta, pronti a tutto per fregare il compagno antagonista, che ti ricambiava il favore alla prossima occasione.

Poi ci siamo dispersi, persi di vista, interessati ad altre esperienze. Ci furono in seguito le camminate in quota, i trekking nelle Dolomiti da rifugio a rifugio, arrampicare sulle rocce del Cristallo, delle

Cinque Torri, la valle di Fassa, le guide, indimenticabili Toni ed Enrico, un mondo che mi ha cambiato la vita.

Non sono mai andata da nessuna parte con il mio moroso, e stranamente non mi dispiaceva questo rapporto strambo, al contrario.

Ho goduto un uomo a mezzo servizio, una libertà totale, indirizzata la mia vita con i miei animali. Ho viaggiato con frenesia al momento della pensione, andavo con dei gruppi in Cina, in Giappone, in Oriente, nel Nord Europa, i miei preferiti furono la Norvegia, le Isole Aran in Irlanda, il Canada.

Da ragazza ho studiato l'inglese a Londra, in una famiglia come ragazza alla pari, ho sempre adorato la letteratura anglosassone che non mi delude mai, ancora oggi nelle riletture dei miei autori preferiti, molti sono donne però.

Sono fortunata, lo riconosco, la salute mi assiste da sempre, ho perso per strada tanti amici e parenti, cancro, incidenti, cuore, rimangono più ricordi che persone, il prezzo da pagare per questo secolo che vede la vecchiaia avanzare a gran velocità, i centenari non sono più mosche bianche.

Non ci tengo a diventare un rudere che si venera con indulgenza, un po' sorda, un po' cieca, un po' persa.

Ogni giorno saluto i miei vicini con i loro cani, il cielo è blu, va bene, piove, pazienza.

Joan Baez cantava in spagnolo la canzone: gracias a la vida que me ha dato tanto... sottoscrivo, mi è andata benone.

2 Elena la musicista

Il mio fisico non corrisponde alla mia vera natura, è un inganno. So benissimo di essere una bella ragazza con questo viso da madonna, non dico magari lo fosse, ma quasi, la gente mi sorride con gentilezza, mai sgarbata, uomini e donne, senza distinzione.

Ovviamente non mi lamento, sarei ipocrita ma questa dote immeritata, dovuta al caso, m'impedisce di fare vivere la peste che c'è in me, da sempre. Nessuno mi crede quando dico di non fidarsi di me, faccio ridere. Esagero un po', non sono neppure il diavolo, ma un po' di perversità fa parte della mia personalità. So che la mia cara ex vicina di casa mi considera una meravigliosa creatura, avendo superato il forte senso di colpa alla morte del mio compagno. Non è del tutto vero, so benissimo stimare quel che successe il fatidico giorno, si chiama il destino. Federico era fuori di testa, vedendomi abbracciata a Paolo, ed è finito sotto il tram. A chi dare la colpa, se ci deve essere qualche colpa?

Non rivango quel che non può essere modificato, vivo con il mio cane a Vienna dove studio con Frau Müller. Ho un nuovo spasimante, Kurt, bravissimo suonatore di flauto, siamo entrambi ambiziosi e sogniamo di essere chiamati un giorno a suonare con i Berliner.

La mia insegnante è tremenda, non lascia passare nessuna mancanza, mi sta bene, ne avevo bisogno ma è costosissima, dovrò lavorare per poter stare in questo posto.

Kurt mi piace molto, passionale come Paolo, l'orecchio assoluto, in due facciamo dei progressi da giganti. Mi credevo arrivata, a Milano, povera me, ero solo una principiante dotata, come Federico. Qui, con Frau Müller, niente facilità, ha messo l'asticella molto in alto e tento di essere all'altezza. Si nasce con un dono che non sarà mai un regalo, bisogna sviluppare le proprie capacità senza montarsi la testa, ci sarà sempre qualcuno con colpi di genio per farti capire cos'è l'arte. Non mi butto giù, solo realista, sono una musicista nata, non un'eccellenza, purtroppo.

Parlavo prima del mio aspetto, in quest'ambiente mi danneggia, la Madonna al piano non è presa sul serio, devo farmi apprezzare con tanta fatica, la mia credibilità è molto fragile. Mi vesto con discrezione, acqua e sapone, mi sfogo la sera con Kurt, ce la metto tutta, tiro fuori la mia femminilità, mi piace da morire piacere, soprattutto a quest'uomo.

Ho due vite a Vienna, di giorno e di notte, non sono fedele, mai stata, vado dove mi porta la mia voglia matta. Kurt è il mio partner ufficiale, nemmeno lui sa dire di no a un'occasione favorevole, ci assomigliamo come due gemelli che si vogliono bene, senza illusioni, finché dura, domani è un altro giorno.

Non sono una sciupamaschi, né ninfomane, ma mi piace perdermi con degli sconosciuti, il sesso è una trovata meravigliosa, mi ci getto con passione. Paolo era fantastico, ma di un egoismo spaventoso, anche a letto. Kurt è un estroverso pieno d'immaginazione, si diverte e sa come rendere partecipi le sue partner, un artista anche come amante.

Ho conosciuto a una festa una ragazza scozzese che mi ricorda Muriel Spark, la scrittrice, spiritosa, carina, una cantante mezzosoprano con un timbro personalissimo. Era la prima volta che mi trovavo così bene con una donna. Andavamo a camminare nei dintorni della città, a perderci nella natura splendente delle colline, bevevamo vino bianco, era molto attenta alla sua dieta, curava la sua voce con devozione.

Mi raccontò la sua ultima tournée in Europa, Covent Garden, la Scala, la Fenice, l'Arena a Verona. Viveva a Vienna da qualche anno e mi fece conoscere il suo giro di amicizie. Non frequentava nessun altro cantante, solo musicisti, maschi e femmine. Si parlava molto di agenti, di soldi, di compensi, di teatri più o meno interessanti, di direttori abominevoli. Elvira, è il suo nome, adorava un certo maestro che sapeva valorizzarla e imporla nel suo repertorio preferito, drammatico. Era una Signora delle Camelie perfetta, anche nella vita a quel che mi sembrava!

La sua casa le assomigliava, un ammasso di cuscini, tappeti persiani, velluti, una anti Ikea perfetta, calda avvolgente, tenuta alla perfezione da una devota Katarina, intendente fidata.

Elvira era una Diva famosa nel mondo della lirica e scoprivo piano piano il livello di lavoro che richiedeva la sua posizione. La sua vita privata era inesistente, la priorità andava alla sua agenda riempita per gli anni a venire. Praticava lo yoga, i pilates, massaggi quotidiani, due ore di vocalizzi, un po' di riposo, un dietologo le aveva prescritto una dieta adatta alla sua attività, le camminate a Grinzing con me facevano parte del suo riposo mentale.

Non faceva la Diva in privato, la ammiravo perché sarei stata incapace di gestirmi così bene, il prezzo da pagare era esorbitante, non sapevo se ne valesse la pena, sacrificare tutto per un solo obiettivo, non ne sarei stata capace. Questa donna aveva una marcia in più che faceva la differenza, non bastava la bravura, ci voleva l'energia, la volontà e soprattutto sapere gestire l'arte e la gestione della propria carriera, sapere delegare e giudicare le persone con chi si è in contatto ecc. Guadagnava molto,

il suo agente pure, non aveva mai il tempo di godersi un po' di riposo. Faceva dei ritiri nelle beauty
farm per conservare un minimo di credibilità nei
suoi ruoli di amorosa tisica, ma viveva da sola, nessuno al suo fianco, una vita monacale a trentasei
anni.

Era altissima, uno e ottanta scalza, robusta ma
non troppo, un petto abbondante, un viso regolare,
una bocca grande e generosa, dei capelli castani ros-
sicci ma soprattutto una pelle magnifica, madreper-
lata. Le sue mani affusolate mi colpirono la prima
volta che la incontrai, suonava il piano, il violino e
leggeva uno spartito con una sola occhiata. Era nata eccezionale e lavorava come una forsennata per
rimanere al livello top.

Era molto affettuosa con me, suonavamo spesso
assieme, mi dava dei consigli e mi presentò i suoi
colleghi. Mi sentivo così piccola in mezzo a queste
persone, e per la prima volta il mio fisico mi fu di
aiuto, era ora. Essere bella ma non vistosa apriva
molte porte, finalmente.

Incontrai il famoso Maestro in un ricevimento,
Elvira mi presentò esaltando la mia bravura, mi
sentivo morire quando mi strinse la mano guardandomi negli occhi e valutando il mio aspetto. Mi fece
un'intervista molto schietta e m'invitò a seguirlo
nel salone dove si trovava il pianoforte. Mi sentivo le

gambe di piombo, il cervello atrofizzato, le mani e il naso gelati, il polso impazzito. Mi guardava sorridendo, capiva che la Madonnina dalle chiome bionde moriva di paura. Suonai il mio pezzo preferito di Brahms, immediatamente mi calmai, non importava più dove e con chi mi trovavo, suonavo serena.

Poi mi girai e vidi la sala colma di ospiti e il Maestro che mi fissava serissimo, applaudendo. Mi abbracciò, e per la prima volta fu un'evidenza, la musica era la mia realtà, forse l'unica.

Dovevo molto a Elvira, di avermi aperto le porte del giro di serie A, ancora studiare e valutare le mie debolezze e le mie capacità.

Il Maestro X è stato la persona più importante della mia carriera. Mi ha facilitato l'approccio verso chi conta veramente nel mondo musicale.

Ma sono sicura, ora, che tutto sia avvenuto grazie alla mia faccia di Madonna e al mio corpo sinuoso, c'entrava relativamente la mia bravura di pianista.

Kurt è un gran pettegolo e conosce vita e miracoli del girone dei divi della musica classica e lirica e mi chiese cosa avrei fatto se il Maestro mi avesse invitato a un incontro ravvicinato. Che domanda! Non lo so, credo che non ci sarei stata, ma non ci giurerei, in ogni caso non serve a niente andare a letto per la carriera, ti svalorizzi e penso che valga di più di una galoppata, ma ripeto con onestà, non lo so.

Mi piace perdermi con un uomo per il semplice gioco di entrambi, non come moneta di scambio, mi offende, fa schifo. Non è una questione morale, mi dà fastidio il solo pensarci, credo di volermi bene, perciò non esiste il problema.

Qualche mese più tardi, Elvira sparita in una tournée con un'opera di Bellini, gironzolavo per le vie del centro storico in vicinanza delle meravigliose torte Sacher, incontrai il Maestro X che m'invitò a gustare la sola vera torta al cioccolato con marmellata di albicocche degna di questo nome. Abbiamo riso parecchio, è un uomo molto ironico, mi raccontò una storia spassosa quando Elvira, dovendo morire in scena, si sbellicava con il suo partner, scambiandosi dei baci da palcoscenico e lui le faceva il solletico ecc. M'invitò a cena per la sera seguente.

Mi vestii come una romantica Botticelliana avvolta in scialli, poco trucco e una gran voglia di piacere al Maestro, nonostante i propositi scritti di sopra. La donna è mobile, come l'argento ecc.

Era un posto semplice, alla buona, knöderli e strudel, un uomo affascinante e maturo pronto a sedurre la giovincella che lo accompagnava. Abituato a una tecnica fortunata, non fece mai un gesto sba-gliato, tutto era suggerito, suadente, molto efficace. Pensavo tra me che il vecchietto non era così male, sportivo, niente pancetta, manipolatore esperto, chissà di cosa era capace nell'intimità? Non successe niente, mi chiamò un taxi e mi ritrovai in casa mia, un po' brilla, parecchio eccitata, chiamai Kurt che rise di gusto e mi consigliò di continuare su questa linea.

Mesi più tardi, il Maestro dirigeva a Salisburgo e mi fece pervenire dei biglietti, ci andai con Kurt, era straordinario, quest'uomo era un genio. Lo vedevo sul podio, magico, l'emozione era forte e le lacrime scendevano senza ritegno.

Ero fortunata di avere incontrato un personag-gio simile, non dovevo sciupare l'incantesimo con una stupida dimostrazione di femminilità goderec-cia. Avevo una schiera di proposte più o meno licen-ziose, bastava scegliere per calmarmi e tenere a di-stanza il mio impulso nei confronti del Maestro.

Questi sacri propositi furono facili da tenere a bada, il Maestro era negli Stati Uniti, per una serie di concerti ricercatissimi. Quest'uomo componeva, era un pianista eccezionale, come direttore era il mi-gliore. Ascoltavo per delle ore le sue registrazioni, mi stavo struggendo, per fortuna il caro Kurt mi stava vicino, informatissimo sul mondo della musica, conosceva i pettegolezzi su quasi tutti i divi del giro. Elvira era stata per anni l'amante del Maestro, come alternativa alla moglie, una creatura stupenda, fotografata da Vogue per la sua eleganza, padre di due maschi e una femmina nati da un matrimonio precedente con una sua ex allieva di allora. La nuova sposa era la musa di sarti, parrucchieri, pittori, tutti mondani internazionali. Il maestro era gelosissimo, lei, ammiratissima, aveva una corte di bellissimi ragazzi gay che la proteggevano e la mettevano al riparo dei pettegolezzi. L'estetica per questa donna era la sua unica bibbia, la sua corte, spettacolare.

La incontrai a un ricevimento, dove mi fu presentata da Elvira, la ex del marito, amica della nuova Signora X, così va la vita mondana.

Rimasi abbagliata da questa creatura, non era bella ma stupenda, in un modo bizzarro: statuaria, immensa, un viso da sfinge, un sorriso malinconico, delle braccia marmoree, vestita in modo sobrio che faceva risaltare la finezza della sua pelle, sembrava fatta di porcellana. Kurt la guardava incantato e mi sussurrò di seguirlo, voleva parlarmi. Il solito pettegolo, mi disse che la meravigliosa creatura era la figlia di un panettiere, nata in Carinzia, ex modella, ex sposa di un miliardario play boy conosciuto nello jet set, bellissimo uomo. Elvira confermò, aggiungendo che fosse pure intelligente e sensuale, e che il suo attuale marito impazziva dopo averla conosciuta da vicino, la fece divorziare, lui pure, e sono tre anni che vivono come piccioncini. Roba da telefilm, la Bellissima mi si avvicinò e mi chiese le mie origini e qual era la mia attività.

Mi veniva da ridere, ero su un altro pianeta, sapevo che non importava a nessuno chi fossi e cosa facevo, ma ero conscia di attirare l'attenzione con la mia statura, la mia chioma rossa e la mia faccia alla Botticelli. Solo questo interessava a questa gente, lo sentivo sulla mia pelle. Non mi lasciò più dalla serata, sembrava interessata alla mia persona, non ci potevo credere, mi faceva la corte. Kurt s'intromise e lei gli chiese gentilmente di lasciarci in pace.

Non amo le donne, mi sconvolgeva la sua tecnica d'approccio. Mi voleva offrire in regalo a suo marito, me lo disse chiaro. Potevamo giocare in tre, adorava la mia pelle di luna e suo marito le aveva parlato di me. Ero il bocconcino per una coppia annoiata, feci finta di trovare l'idea interessante e chiamai Elvira. Lei rise di gusto, e mi guardò sorpresa, il Maestro adorava giocare con più donne se possibile alte e formose, lo sapevano tutti, come mai non ero al corrente da Kurt, lui che ficca il naso in tutte le storie lubriche.

Ero furiosa, altro che pianista, così offesa che il mio cuore batteva all'impazzata. Prostituta, niente di meno, ciao i Berliner. Kurt ammise che lo sapeva, ma non pensava che mi avrebbero circuita così presto.

Ero schifata, umiliata, questa serata sarebbe stata per sempre indimenticabile, il mio orgoglio, sotto terra.

La Signora X non bastava a soddisfare il Maestro, aveva bisogno di ancelle, mi venne da ridere a crepapelle.

Incontrai il Maestro in una sala di registrazione, dove suonavo con un violinista. Mi salutò cordialmente, io pure, m'invitò da Sacher, mangiammo le famose torte, poi mi disse che piacevo molto a sua moglie che mi trovava stupefacente, lui pure. Risi di gusto e risposi che, in vita mia, nessuno mi aveva mai presa per una prostituta, mi si portava a letto volentieri, ci stavo eccome, c'era una reciprocità evidente di desiderio con gente della mia età però. Eravamo giovani, sani, amanti dell'arte, del sesso, senza problemi, ma loro mi facevano delle proposte che non m'interessavano, ero una persona semplice, non cercavo il nirvana sessuale in situazioni particolari, perciò niente da fare con la madonnina.

Rimasi ancora sei mesi a studiare e non ho mai più incontrato il Maestro X. Lo vedo in televisione, lo ammiro ma non riesco ancora a digerire quella proposta, sono troppo provinciale, so cosa fare se non riesco a vivere con il pianoforte in futuro, Jim Morrison urlava " light my fire ", è quello che il Maestro si aspettava da me con la sua regale Signora.

Il ritorno a Milano non è stato glorioso, nessuno mi aspettava, la mia casa, che avevo affidato durante la mia assenza, era in uno stato pietoso, pure le sedie avevano sofferto. La depressione mi piombò addosso, non sapevo più da che parte girare. La gentile signora Carlotta fu l'unica a offrirmi un po' di calore, il mio cane la riconobbe all'istante e le fece festa, cosa avrei fatto senza di lui, però piango di frustrazione.

So di essere una pianista brava, soprattutto con Stravinsky e Brahms, mi appartengono, li sento miei, però mi manca il tocco magico che fa la differenza. Pazienza, insegnerò al conservatorio, e se mi vogliono ancora, suonerò nella filarmonica, che vita miserabile mi si proietta davanti dopo troppi sogni di gloria.

Incontro Paolo, tornato pure lui dalla sua esperienza Berlinese, freddo, glaciale, m'invita a cena sul Naviglio Grande, chissà perché?

Mi racconta la vita cosmopolita degli intellettuali incontrati, della nuova generazione di studenti pronti a cambiare il mondo. Si sente vecchio, ha perso la fede dei domani gloriosi, non ha trovato l'anima gemella, al solito ha fatto la farfalla, si è disperso.

Ci guardiamo increduli, siamo davvero dei trentenni invecchiati precocemente, nati lo stesso anno e mese, trentaquattro anni fa in aprile, ci sentiamo settantenni delusi. Contraccambio l'invito, però a casa mia, non ho più un soldo. Abbiamo passato la sera a guardare un film di Comencini alla televisione, ci sentivamo finalmente bene a casa. È rimasto a dormire sul divano, è diventato l'amico ritrovato, chi l'avrebbe mai creduto.

Gli ho raccontato la mia storia con il Maestro X e Signora. Mi ha guardata bene e sorriso abbracciandomi, mi disse che non è da tutte servire da accendi fuoco per legnetti troppo secchi. Lui si sarebbe buttato, eccome sulla donna, senza pensarci due volte, però lontano dal Maestro che mette soggezione, questo monumento mondiale.

Lo sogno di notte, che mi vuole fare suonare nuda in pubblico, e lo faccio, il pubblico applaude e lui fa vedere a tutti come sono fatta per lui. Un incubo.

Mi hanno assunta come assistente al conservatorio, insegno al quarto anno, i miei studenti sono bravi, molto coinvolti, il fuoco sacro li rende audaci. Ce n'è uno molto carino e dotatissimo, sente la musica come pochi e non ha nessun complesso, oppure sì, un'autostima allo zenit.

Alla fine delle lezioni, mi aspetta fuori e mi offre un caffè. È coltissimo, figlio di un docente di letteratura antica, frequenta anche l'università in filosofia.

Mi fa sentire ignorante questo prodigio, sa tutto di tutto, e tra una tazza di caffè all'altra, s'introduce nella mia camera da letto da padrone.

Mi sconvolge da tutti i punti di vista, ha molto navigato bravo com'è, però è molto riservato per quel che riguarda i suoi sentimenti, la sua famiglia. Non è ossessionato dal sesso, però è giovane, ventidue anni, e pratica spesso e volentieri, ama passeggiare con il mio cane nei giardini pubblici o scarpinare in Grigna, vicino a Lecco, anche sul monte San Primo vicino a Sormano, in mezzo al verde quando non c'è nessuno, mangiamo panini e ci perdiamo in mezzo ai pendii erbosi.

È un essere adorabile, ma mi sento a disagio con la sua giovinezza. Il cane lo adora, non lo molla mai e sembra reciproco, sono meno entusiasta, più vecchia dell'allievo, un classico. Giochiamo all'amante di Lady Chatterley, nudi nell'erba, mi copre di fiori nei punti strategici, sotto la pioggia estiva. Si gioca molto con questo sbarbatello. Scommetto che mi lascerà quando incomincerò ad attaccarmi a lui sul serio.

Non siamo mai seri, si vive alla giornata, ore alla tastiera, poi lui va all'università a dare gli esami. Io insegno tutti i giorni, nessun progetto né aspettative da entrambe le parti.

Si chiama Gianni Osmondi, figlio di un grande filosofo, scultore noto, madre tedesca, pure lei filosofa. Questo Gianni è nato musicista, suona il flauto, il violino, la chitarra, il piano, appassionato di letteratura, le giornate sono troppo corte per lui, odia dormire, una perdita di tempo. Ha una frenesia addosso che non si spegne mai.

Non è innamorato di me, gli piaccio perché sono bella, insegno con severità ma con garbo, mi rispetta, soddisfo il suo Ego smisurato.

Guardandomi allo specchio, di rado, ammetto di essere un essere ben riuscito, ma non sono sicura che sia per il mio bene. Come i fiori sgargianti attirano le api, poi finisce lì. Federico stava con me dall'infanzia, ma sono sicura che si trattasse di possesso, gli altri hanno contato così poco, lasciato qualche ricordo, ma la storia viennese era veramente disgustosa.

Cosa me ne faccio di essere bella, a questo punto?

Gianni mi parla spesso dell'importanza della musica nella sua vita e della ragione per la quale sta con me, ma io so cosa sente in realtà. Il mondo può crollare quando suona, per me pure. Sono ambiziosa, ma credo di non avere le capacità sufficienti per essere una solista. Gianni è sicuro del suo potere di seduzione quando suona, vuole incantare, io no purtroppo.

Nel frattempo ci arrotoliamo nei prati verdi con questi corpi che il caso ci regalò, godiamo di ogni istante, domani sarà un altro giorno, poi si vedrà.

3 Maristella, Silvia, madre e figlia

Sono madre e figlia, sembrano gemelle, solo diciotto anni di differenza le separano.

Maristella si sposò a diciassette anni, incinta di tre mesi, partorì sua figlia il giorno del suo compleanno, l'anno seguente. Il matrimonio durò poco, si separarono due anni più tardi quando il giovane marito, infedele per vocazione, mise incinta un'altra fanciulla che sposò alla nascita del nascituro, un maschietto.

Maristella tornò a vivere con i suoi genitori, si laureò in medicina, specializzandosi in psichiatria, allevò sua figlia Silvia con l'aiuto dei genitori. Era una bravissima studentessa, molto romantica e immatura, s'innamorò del padre di Silvia, credendo ai sentimenti eterni, e facendo il famoso "dono", una sola volta, che mise in moto sua figlia.

Quando il suo giovane marito si risposò con una sua compagna di banco, pensò di morire. Poi si buttò negli studi con frenesia, sapendo da sempre che sarebbe diventata medico dello spirito umano.

Era molto seria, piccola, carina, minuta con un viso pallido, due grandi occhi azzurri, una bocca generosa e dei capelli folti castani a riflessi dorati.

Studiosa, passava gli esami, prendendosi cura della sua bimba con passione, ascoltava Françoise Dolto, famosa analista francese, con devozione.

Non aveva più fiducia negli uomini, non si lasciava avvicinare facilmente, ma era vivace e gioiosa, la vita era piena di promesse per il futuro. La pillola salvò molte ragazze da matrimoni infelici.

Maristella fece il tirocinio in ospedali stranieri, lasciando Silvia in casa dei nonni. La bambina era la fotocopia di sua madre, ma solo nel fisico, aveva un carattere forte, sapeva imporsi con convinzione, sempre garbata ma sicura del suo diritto, non mollava mai.

Si capì subito come andavano le cose all'asilo, la maestra non aveva mai visto una bambina così decisa, gli altri bambini nemmeno. Dominatrice, amava comandare, chiedeva spiegazioni quando non capiva, il suo faccino era così simpatico che non era indisponente, piaceva a tutti. Il suo punto debole, si capì subito, era la violenza che non sopportava, le botte, le urla, allora si chiudeva come un riccio, sconvolta, non piangeva, ma faceva pena. Socievole, giocava felice con maschi e femmine, ma non le dispiaceva stare da sola. Si era fatta fare dalla nonna una specie di bambola, con uno straccio, la testa chiusa con uno spago e riempita di segatura, aveva disegnato gli occhi e la bocca, adorava questa "cosa" informe e si precipitava, al ritorno da scuola, per coccolarla stringendola sul petto. Nessuno poteva toccarla, era lurida, la nonna voleva lavarla, Sil-

via la nascondeva per proteggerla da questi propositi grotteschi.

Vivendo con due nonni giovani e colti, imparò
alla svelta a leggere e scrivere, si perdeva nei suoi li-
briccini, soprattutto quelli di Beatrix Potter, gli animali erano già la sua passione.

Il cane di casa si chiamava Bibi, con un pedi-
gree non purissimo di fox terrier, si parlavano e
sgambettavano per i sentieri con il nonno, cinquan-
tadue anni quando Silvia ne compiva quattro.

La nonna, quarantotto anni, era una bella donna, con un senso artistico spiccato, che non tollerava mancanze di buon gusto in qualsiasi circostanza:
cibo, educazione, vestiario.

La bimba viveva in un ambiente affettuoso ma
non molto esuberante. Non era viziata, sapeva lavarsi e vestirsi da sola, apparecchiare e sparecchia-
re, non aveva molti giochi ma una bicicletta, ascoltava la musica su un mangianastri, sapeva cucinare
la pasta al dente e il riso, pelare le patate e le verdure.

Non erano tollerati capricci di nessun genere,
aveva una salute di ferro, si ammalò di morbillo e di
pertosse, la nonna le leggeva libri di Jack London e
Piccole donne vicino al suo lettino.

Maristella si laureò quando sua figlia compiva otto anni, lavorò qualche anno in ospedale e affittò un appartamento. Per la prima volta viveva da sola con sua figlia, si scoprivano un po' alla volta, senza mediatore, non era facile, lo stipendio era basso e le abitudini costose, i nonni aiutavano ma senza esagerazione.

Silvia dormiva in una stanza piccolissima, era libera di farne quel che voleva, tappezzò i muri di illustrazioni di cani e gatti, coniglietti della Potter. Maristella non era come sua madre, pragmatica prima di tutto, minimalista di natura. Una biblioteca copriva un muro del salotto, un tappeto, due divani, migliaia di libri, un giradischi di marca, centinaia di dischi di jazz e musica popolare, la televisione. La sua camera da letto era vuota, un letto e due poltrone, un tavolo scrivania. Si mangiava nella cucina attrezzatissima, perché Maristella eccelleva come cuoca, solo cibo fresco, fatto in casa da lei e dalla sua secondina specializzata in dessert.

La bambina studiava senza dare problemi, ma non eccelleva in nessuna materia, stava nella media, sua madre sorvegliava da vicino. Sapeva che il suo sogno era di diventare veterinaria, doveva darsi una mossa, perché la strada sarebbe stata lunga.

Maristella s'innamorò di un pediatra, in ospedale, perse proprio la testa, dopo anni di vari fidanzati di passaggio. Si chiamava Renzo, molto carino, fanatico del suo lavoro, scapolo e affidabile. Silvia non lo sopportava, troppo bello per essere vero, era sicura che fosse finto, lui sapeva che farsi accettare non sarebbe stato facile con questa diavoletta.

Non pernottò mai una volta, s'incontravano in casa di Renzo per non ferire la bambina. Incominciò un braccio di ferro, Silvia non mangiava più in sua presenza, lo salutava, glaciale e si chiudeva in camera sua.

Maristella non tollerava l'atteggiamento di sua figlia, perché questo poveraccio dimostrava una pazienza infinita nei confronti di Silvia, il suo ricatto affettivo era fuori luogo.

La nonna portò con sé sua nipote, per una vacanza in Canada, dove vivevano i bisnonni.

Due mesi estivi a farsi coccolare in una grande casa, piena di galline, conigli, gatti e tre border collie d'assalto, scordò il pediatra.

Al suo ritorno abbracciò sua madre e promise di non fare più capricci. Troppo tardi perché i rapporti tra i due medici si erano notevolmente raffreddati, Silvia ricuperò sua mamma, tutta e solo per lei.

Più il tempo scolpiva l'adolescente, più la somiglianza si rivelò stupefacente.

Maristella aprì uno studio di psicanalisi nell'appartamento a fianco al suo, che si era liberato da poco. Tre giorni in ospedale a tempo pieno, due giorni come analista in privato. Lei stessa era in analisi da un famoso terapista. Il suo lavoro la appassionava, sua figlia diventava la solita adolescente insofferente, aveva dei rapporti occasionali con degli uomini intercambiabili, una vita piena dopotutto.

Silvia era molto indipendente, si era diplomata con media del 10 al liceo scientifico, sicura della sua vocazione di futura veterinaria.

Era il mese di giugno e fiera della sua maturità chiese a sua madre il permesso di lavorare durante l'estate, in un ricovero per animali.

Silvia: «Sai che tirocinio in questo posto, 200 gatti e più, una quarantina di cani...»

Maristella: «Chissà che strazio si portano dietro, credi di farcela?»

Silvia: «Ho già parlato con la responsabile, spiccia, ti prende solo se ti sente in grado di sopportare l'infelicità animale, sono forte, dai, lo sai.»

Maristella «Non so se ti rendi conto che incontrerai SOLO animali in crisi, abbandonati da padroni irresponsabili, stronzi, e peggio ancora sadici. La miseria pura a centinaia, che bella estate! Perché non vieni con me, andiamo a fare un bel giro, noi due, zaino in spalla, all'attacco dei nordici. Da sola non me la sento.»

Silvia: «Che bello, facciamolo, mi piace da matti, ma luglio e agosto voglio impegnarmi nel ricovero. Intanto dovrò passare l'esame di ammissione a medicina veterinaria, il 30 giugno, dopo decideremo.»

Maristella: «Guarda che c'è il numero chiuso, l'esame è tosto, non ti preoccupare se non ci riesci, riproverai l'anno prossimo, non è grave, anzi avrai tempo per prepararti, ti posso trovare un posto per un tirocinio in una clinica veterinaria di una mia conoscente.»

Silvia: «Mi scoccia perdere un anno, sarebbe bello riuscirci al primo colpo, mi sono preparata da mesi, ho addosso una Fifa pazzesca, tremo tutta...»

Peccato, non c'è l'ha fatta, e, come due adolescenti prenotano un volo per Edimburgo e le isole Shetland, un mese di distacco totale. Hanno ormai un rapporto da adulte, non più madre e figlia ma amichevole, com'è sempre stato, Maristella non avendo mai posseduto l'istinto materno. Stanno bene assieme, i caratteri diversissimi si completano e sanno relativizzare eventuali conflitti.

Maristella è una romantica, amante di musica popolare, Bob Dylan, Leonard Cohen, De André, Bruno Lauzi e Mozart, di camminate in altura sui sentieri di montagna. Odia stare al sole sulle spiagge, va al mare in inverno. Si veste comoda, la moda non la interessa né le marche, la decorazione la deprime. La sua vera passione è la cucina, spende cifre folli per una padella. Ha trasmesso un po' del suo sapere a Silvia, il suo diktat senza appello: equilibrare i sapori.

Silvia ama gli animali, TUTTI, dal porcello all'iguana, le formiche, le api, le rondini, i lupi ecc. Sono vegetariane da sempre, come i nonni prima di loro, sono così brave ai fornelli che nessuno sente la mancanza della carne.

Anche Silvia ama Dylan e gli altri, non sopporta il rock, suona il piano da quando aveva sei anni, non è eccezionale ma si diverte. Adora le voci dei cantanti di blues, Billie Holiday e Nina Simone, le preferite. Ha scoperto per caso dei vecchi dischi di suo nonno della Folkways, una passione è nata con queste registrazioni da tutto il mondo, realizzate da Alan Lomax, un musicologo americano molto bravo.

Anche lei cammina per ore, ma si perde spesso, osserva la natura, gli alberi, vive nel suo mondo di fiori, piante, grilli. Spesso la realtà le sfugge, però è bravissima a riparare gli oggetti, incollare con pazienza una tazza sbeccata, una cornice storta, dipingere le persiane, senza di lei la loro casa sarebbe a brandelli, Maristella essendo incapace di piantare un chiodo.

Nemmeno Silvia ama vestirsi, andare dal parrucchiere, lascia la natura fare il suo lavoro e si vede, ma grazie alla nonna sa mischiare i colori con gusto.

La nonna così rigorosa sull'apparire sempre perfette, le ha disgustate tutte due, in uguale misura. Andare in giro per negozi non è il passatempo di queste creature.

Silvia taglia i capelli di Maristella che si è specializzata in manicure e pedicure.

Sono, nonostante tutto, molto femminili, a modo loro, e siccome hanno la stessa taglia si scambiano i vestiti senza formalizzarsi.

Votano a sinistra, convinte, ma non parlare di comunismo e di brigate rosse, la destra, non la considerano nemmeno.

Vivono d'amore e d'accordo, gli uomini sono i benvenuti, ma a tempo limitato, diventano più spesso amici che grandi amori.

Silvia ha un fratellastro, Fabio, s'incontrano sovente a pranzo, loro padre vive con una giovane tedesca della loro età che ha messo al mondo altri due gemelli maschi, dodicenni a quest'ora.

Fabio è un ragazzo serio, responsabile, studioso di letteratura, filologo nell'anima. Antisportivo, è alto e magro, innamorato perso di una ragazza che non lo sa.

Maristella è la compagna ideale per i concerti, riesce sempre a trovare i biglietti, incontra con piacere la mamma di Fabio e sono diventate amiche. Ridono spesso dei ricordi del liceo, quando erano innamorate dello stesso ragazzo, che le ha sposate poi tutte due, in sequenza, ha ancora seminato dei gemelli con una giovinetta in Germania, non c'è che dire, una natura potente quest'uomo, molto generoso soprattutto.

Nessuna delle due ex rivali si è risposata, i loro figli sembrano allergici a un qualsiasi tipo di legame amoroso.

Il mondo dei ricoveri per cani e gatti divenne, per un anno, l'unico interesse di Silvia, sua madre proibì l'adozione per pietà che non mancherà di sicuro di avverarsi. La loro vita si svolgeva fuori di casa, senza orario, chi si sarebbe preso cura di un animale domestico? Non bastava avere un cuore generoso. In futuro chissà?

L'anno seguente Silvia entrò al primo anno di medicina veterinaria, felice, suo nonno le regalò una Vespa.

Maristella passava molto tempo con i suoi pazienti in terapia. Silvia le chiedeva sempre come faceva a sopportare il malore di queste persone, depressioni suicide, queste anoressie. È tuttora in mistero, non basta amare l'umanità per aiutarla a sopravvivere.

Vittoria, trentadue chili, aggressiva, sempre più affossata nelle nevrosi, Mario, suicida potenziale, spiritosissimo, divorato dall'ansia, dall'odio per la vita, Manuela che sogna di strangolare sua figlia drogata all'eroina, Paolo divorato dalla misantropia, dalla solitudine, in un vicolo cieco, Fiona, bella donna, innamorata di un'illusione ossessiva, si tagliuzza braccia e gambe ecc.

Silvia ammira sua madre senza capirla, si ritrovano in cucina a preparare un soufflé di broccoli, un sorbetto al mirtillo, bevendo una bottiglia di Möt Ziflon profumato delle colline novaresi, senza moderazione, ridendo di gusto dopo delle giornate apocalittiche. Silvia con i suoi animali spesso martirizzati, Maristella con il fardello descritto sopra, come fanno per non crollare?

Maristella ama Silvia che ricambia, si sentono il dovere di essere utili in quest'unica vita, presto detto!

Maristella parte spesso a camminare con un gruppo del CAI, niente di troppo impegnativo, ma si svuota il cervello. Silvia la accompagna ogni tanto, ma dispone di poco tempo libero tra gli studi e il volontariato.

La vita amorosa sembra essersi diluita negli anni, Silvia era diventata impermeabile, preferiva la compagnia di Fabio, così bravo, sensibile, a qualsiasi altro uomo. Ha avuto una relazione molto fisica con un volontario del canile, la sentiva come uno sfogo che andava bene al momento, senza lasciare niente dietro.

Maristella aveva spesso delle storie più o meno erotiche con dei colleghi, mai in montagna, le bastavano, erano sempre sposati. Nessuno prendeva sul serio una seduta ravvicinata soddisfacente, faceva bene sia al corpo sia allo spirito, o no?

La nonna viveva cinque mesi l'anno, in estate, nel Québec Canadese, il nonno stava benissimo da solo con i suoi libri, un aiutante le teneva la casa in ordine e mangiava di sera in una trattoria con il suo nuovo compagno, un cane che Silvia le aveva ordinato di adottare... Siccome non sapeva rifiutare niente a sua nipote, Chicco viveva ormai come un principe in compagnia di un delizioso gentiluomo che lo portava al parco tre volte il giorno. Era incredibile il numero di persone che si incontravano nei giardini pubblici, chiacchieroni con la solita apertura: che bel cane, che razza è? Cosa gli dà da mangiare, a che ora viene al parco?

Bevevano il loro primo caffè, presto al mattino in compagnia del padrone di due Labrador neri mansueti, della padrona di due bassotti a pelo ruvido, si raccontavano volentieri, un po' come in viaggio nel treno. Silvia divenne popolare nel giro dei giardinetti. Di sera accompagnava spesso suo nonno e Chicco che la adoravano. Era un meticcio del solito colore marrone rossiccio, di mezza taglia, quindici chili, un muso da pointer, il pelo morbido, la coda folta, molto dinamica ed espressiva, bravissimo, mai una pipì fuori luogo, graffi sui tappeti, dolce ma deciso, giocava come un matto con la pallina lanciata da Silvia, il nonno non ce la faceva più. Dormiva sulla sua stuoia, a fianco del letto del suo padrone, lo sorvegliava, lo venerava, avevano bisogno l'uno dell'altro.

Silvia tentò di portare un gattino, non fu bene accolto, divenne il padrone di casa delle due donne. Chiamata Pippa, era una femmina di cinque mesi: pelo colore albicocca, occhi verdi azzurri, meravigliosi, di stazza minuta, bellissima e prepotente. Imparò tutto in fretta, soprattutto a farsi rispettare, non saltava sui mobili, ronfava come un turbo quando la si accarezzava, mangiava poco, solo pesce, dormiva sul cuscino a fianco di Silvia, non fece mai i bisogni fuori della cassetta, un gioiello che Maristella finì per accettare. Era eccezionale, una gattina da manuale. Fu sterilizzata da un'amica di Silvia, iniziò la solita vita dei gatti urbani, cibo pronto, sonnellini, carezze per una ventina di anni. I tempi si sono allungati anche per gli animali.

Madre e figlia, diventate due amiche e conviventi felici, non sentivano alcun bisogno di cambiare le loro abitudini.

Maristella usciva spesso di sera, andava a teatro, ai concerti, incontri con i suoi amici del CAI, cene in compagnia, aveva il suo giro, Silvia pure, ma molto diverso.

Non variavano gli interessi, sempre in rapporto con gli animali, il caffè al bar con i padroni di tutte le razze di quadrupedi pelosi, il papà di Pippo, la mamma di Cicciola, quella di Nerina, la loro identità era ormai quella dei loro prediletti. Cenava in compagnia del nonno e di Chicco, ascoltava musica e andava in vacanza con suo fratello Fabio. Erano due camminatori distratti, si fermavano ovunque, fotografavano le piante, gli insetti, stavano molto bene insieme.

La madre di Fabio, chiamata Federica, fu adottata in casa delle due donne e spesso cenavano nella cucina di Maristella, cantavano, guardavano dei vecchi film, si sentivano in armonia, meglio di una vera famiglia, la loro se la inventavano. Era biologa all'istituto dei tumori, cucinava malvolentieri, campionessa di piatti pronti surgelati che le offriva il supermercato, suo figlio ancora peggio, sarebbe vissuto a pane e cioccolato. Due volte al mese Maristella le invitava a degustare delle leccornie, buone, belle e sane, ne avevano un gran bisogno.

La vita, dopotutto non era così bizzarra, un po' eccentrica, aveva riunito delle persone che per puro caso si piacevano, avendo parecchio in comune, i figli ovviamente, e un ex marito, piccolo dettaglio!

Silvia si laureò e lavorò per qualche tempo in una clinica, poi riprese gli studi e si specializzò in cardiologia.

Conobbe Bruno, fisioterapista, e con altri due colleghi aprirono una clinica, aiutati dalle famiglie e da prestiti bancari, il sogno di una vita per tutti.

Silvia lavorava quattordici ore al giorno, sua madre la capiva e la assecondava nelle pratiche burocratiche, non lavorava più in ospedale, si dedicava a tempo pieno alla psicanalisi, quattro giorni alla settimana. Mai più di cinque persone al giorno, due durante la mattinata e tre al pomeriggio. Scriveva saggi, articoli nelle riviste, andava in giro per congressi di nicchia e incontrare colleghi internazionali. Sapeva usare il suo tempo anche per le gite in alta montagna, e liberarsi lo spirito.

Per una decina di anni Silvia visse con l'ossessione della clinica, del rimborso dei prestiti vari. Con Bruno ci fu del tenero per qualche mese, poi egli sposò una cliente, padrona di un chihuahua. Niente drammi, non era una passione, Maristella trovava sua figlia troppo nervosa e le chiese come stava?

Maristella: «Non capisco perché non riesci a vivere una storia con un uomo fino in fondo...»

Silvia: «Perché non sono innamorata, sto bene così, è come il soufflé, un sacco di slancio iniziale e poi plaf, si appiattisce.

Non ti preoccupare, sto bene, sono solo un po'
stanca, sai, non è mica obbligatorio avere uno spasimante, un amante o un marito. Sono normale, semplice, nemmeno lesbica, ma dopo un po' vedo solo il
lato negativo delle persone, il sesso, in principio, mi
impedisce il giudizio, sono solo ormoni, mi piace un
tizio perché funziona bene a letto e poi scopri la
realtà, una banale scopata, non vale la pena di andare oltre.»

Maristella: «Non mi dire che non fai la differenza tra i sentimenti e il sesso!»

Silvia: «È quello che ti dicevo, non hai capito,
non ho MAI incontrato un uomo che mi piaccia fisicamente e con la testa. L'unico uomo che trovo super è mio fratello, come la mettiamo, uno come Fabio mi farebbe innamorare.»

Maristella: «Smettila, parlo seriamente.»

Silvia: «Anch'io, amo mio fratello, cosa ci posso
fare!»

Maristella: «Ok non ne vuoi parlare, lasciamo
perdere. Trovi normale che stiamo ancora assieme,
madre e figlia, sotto lo stesso tetto!»

Silvia: «Scommetto che ti sta arrivando la crisi
del nipotino, o sbaglio? Se vuoi te lo faccio, ma te la
vedi tu con il pupo, lo allevi tu.»

Maristella: «Grazie tante, non me ne frega niente che tu perpetui la razza, siamo sette miliardi su questo pianeta.

La nonna ti ha allevata, io c'ero e non c'ero, più ancora il nonno, era lui la chioccia di casa. A dire la verità, è lui che si cruccia di vederci ancora in questa piccola casa, senza uomini. Si dà pensiero, poveretto. Ci considera due naufraghe della vita, non capisce il nostro lavoro, né il tuo, né il mio.»

Silvia: «La piantiamo con queste storie, ti prego, ho avuto una giornata orrenda, non mi sono ancora ripresa, abbi pietà.»

Maristella: «Sapessi la mia! Una mia paziente ha tentato il suicidio con i barbiturici e l'alcool, è ammalata di cancro all'ultimo stadio, non ce la fa più e non è riuscita nemmeno a morire. La seguo da due anni, da quando ha iniziato la chemio, soffre, non solo con il morale. La penso come lei, purtroppo adesso in ospedale mi hanno fatto chiamare. Nessuno la può liberare da questo tormentone di vitaccia, il primario è un duro, contro l'eutanasia, anche pietosa. A cosa sono servita a questa povera creatura? Non riesco a pensare ad altro.»

Silvia: «Oggi ho addormentato un gatto di mattina, e un cane questa sera prima di rientrare. Usiamo il termine dolciastro per dire eliminare, la padrona del gatto è una signora anziana che conosco bene, la micia era l'unico raggio di sole in una solitudine subita. Stessa cosa per il cane, con un padrone affranto, non ce la faceva a vederlo soffrire, ma la decisione finale l'ha presa con il cuore a pezzi, era la sua unica famiglia, pure lui.

Capisci, vero?»

Maristella: «Hai ragione, che mestiere ci tocca fare, noi due...»

Si abbracciano piangendo, stringendosi forte, pensando a queste persone disperate, sole in case vuote, cucce, scodelle sparse, la poveretta in ospedale, senza nessuno al suo fianco, ancora viva, chissà per quanto.

Maristella ha la pelle dura, ha imparato a proteggersi, ma sua figlia se le porta dietro, l'empatia la sommerge.

Nessuna delle due ha fame, bevono a stomaco vuoto, l'ebbrezza calma la malinconia e Silvia si sdraia sul divano.

Silvia: «Non te l'ho detto, ma ho visto mio padre, l'altro ieri. Non sapevo se dirtelo o no.»

Maristella: «È tornato in Italia?»

Silvia: «È venuto alla clinica con un setter irlandese, per fare una visita professionale. Che tipo, proprio da lui, trovare un pretesto per vedere che razza di figlia aveva messo al mondo.

È bellissimo, sai, chissà da giovane?»

Maristella: «Un poveraccio con una bella faccia, un guscio vuoto. Cosa ti ha detto?»

Silvia: «Mi guardava e la prima cosa che disse: sei la fotocopia di tua madre, non lo vedevo da quando se ne andò in Germania con la tedesca. Gli chiesi come stavano i gemelli, i miei fratellastri. Rispose un bene secco, voleva sapere tutto di te.

Gli ho dato appuntamento al ristorante, la stessa sera, abbiamo fatto tardi.

Ti ho ritratta che non hai idea, un mostro di lavoro, una maga Circe con gli uomini, una fama mondiale in psicanalisi ecc. Arrossiresti di vergogna!

Vive sempre a Monaco di Baviera con sua moglie Inessa e i gemelli, lavora in un laboratorio di chimica industriale. Mi confessò di essersi calmato con le donne, ma che conserva un ricordo dolce di te e di Federica. Gli farebbe tanto piacere incontrarvi.»

Maristella: «Che faccia di bronzo, tutte e due insieme, è matto!»

Silvia: «Gli ho detto anche che Fabio è meraviglioso, poteva rallegrarsi di avere dei figli come noi, senza rancore, grazie alle nostre madri eccezionali. Prendi e porta a casa... lo guardavo ben bene, non gli somigliamo per niente nessuno dei due, peccato perché bisogna ammettere che è un gran bell'uomo, asciutto, gli stanno da Dio i capelli grigi, ha delle mani stupende, lunghe.»

Maristella: «Basta, smettila, lo so com'era bello e stronzo. Che cosa credi, ero extra vergine, innamorata persa della sua bella faccia, cretina e oca al cubo, mi ha sverginizzata nel bosco, un male cane ma mi sembrava di volare, una volta sola, per concepirti, il mio unico capolavoro. Tutto sommato dovrei ringraziarlo, questo scemo, senza i suoi potenti spermatozoidi giovanili, non ci staresti con me.

Sai cosa ti dico, telefonagli, invitalo a cena con Federica e Fabio.»

Federica non era folle di riconoscenza nei confronti del suo ex, ma s'incuriosì della chiamata di Silvia e disse di sì.

I preparativi furono molto accurati dalle ex mogli, diventate amiche, e con i due figli che si adorano. Le due donne andarono dal parrucchiere e decisero per il menu della sera. L'incapace Federica puliva le verdure, Silvia curava i dolci, Fabio e Maristella ai fornelli per una cena ligure, trenette al pesto fatto in casa, orata all'acqua pazza, il tutto innaffiato da uno Schiacchetrà delle Cinque Terre.

Arrivarono due enormi mazzi di fiori e quando il campanello suonò, nessuna osava respirare.

Era pallido sotto l'abbronzatura, emozionatissimo, muti... si guardarono in silenzio. Federica aveva gli occhi umidi, Maristella stringeva le mascelle, i ragazzi si tenevano abbracciati. La gattina era rinchiusa nella camera di Silvia.

Aveva portato con sé due bottiglie di Prosecco che furono le benvenute, si buttarono sul vino per alleggerire la tensione.

La serata fu allegrissima, avevano tutti bevuto più del necessario, l'ospite sedeva tra i suoi figli e servito dalle sue ex mogli che si alternavano in cucina.

Per il brindisi di commiato, lo ringraziarono del meraviglioso dono che furono i loro figli, questi ultimi urlarono: grazie babbo di avere scelto delle donne stupende per metterci al mondo. Senza ironia.

L'hanno sbalordito, non capiva se si trattasse di una beffa o meno. Silvia gli dava il braccio da una parte e Fabio dall'altra, lo baciavano con uno slancio sincero, l'alcool fa miracoli, decine di anni sciolte dal Prosecco.

Si promisero di tenersi sempre in contatto in futuro, e che la sua famiglia tedesca sarebbe stata la benvenuta completa di Inessa e dei suoi figli.

Sembrava il finale di una serie televisiva molto melense, tutti si amavano e lo dimostrarono con entusiasmo, un po' sospetto a dire il vero.

Ci fu il debriefing del giorno dopo, un po' di mal di testa, si sa, dopo tutto il vino bianco ingurgitato, si riunirono donne e figli nel salotto ancora da ripulire, storditi della loro follia.

Silvia: «Che serata, ragazzi, era steso il padre, l'abbiamo sconvolto, non si scorderà di certo una cena del genere.»

Federica: «Non è molto invecchiato, anzi sta ancora benone, chissà cosa pensa di noi?»

Maristella: «L'abbiamo fregato con la gentilezza, così impari a comportarsi in futuro... È invecchiato meglio di noi, vero Fede!»

Fabio: «Ma se siete stupende, tutte e due, è stata geniale l'idea di invitarlo, mi ha fatto piacere vederlo con noi.»

Silvia: «Chissà cosa pensa in questo momento, a Monaco con la sua Inessa dalla coscia lunga. Di sicuro non si scorderà mai più di noi, è stata una bella serata dopotutto.»

Poi la vita riparte, al solito, Silvia stampa le foto che ha preso con il tablet, tappezza il bagno, c'è un primo piano fantastico di suo padre, che mette in un cassetto, ne darà una copia a suo fratello.

Maristella: «Quando l'ho visto entrare, il mio cuore si è fermato, non rimpiango niente, ma questo tizio per me è magnetico, penso che Federica avesse lo stesso affanno, la guardavo con i suoi grandi occhi appannati. Chimica, emanava un fluido diabolico, è un pericolo pubblico quest'uomo.»

Silvia: «Non gli interessavano i suoi figli a quanto sembra, guardava solo voi due, non gli sembrava vero di vedervi una a fianco all'altra. Aveva lo sguardo smarrito davanti a noi così uniti non per finta.

Mi piacerebbe incontrare i gemelli, saranno adolescenti, mi sembra.»

Fabio: «Accontentati, se vorranno conoscerci, si faranno vivi loro, a me non interessa per il momento, ma non si sa mai, si può cambiare con l'età.»

Così la pensava il gruppetto famigliare nel 2000.

Ora Fabio insegna all'università di Bologna, Maristella segue pochi pazienti scelti, Federica viaggia nel mondo quando non lavora. Silvia vive sempre con Maristella, due cani, la micia ha accettato la situazione con filosofia, fa rigare tutti quanti come vuole lei.

4 Stefania, l'idealista

Ha quaranta anni e qualcosa in più, ma non lo dice. Di statura media piccola, ha studiato psicologia all'università di Padova, votato la prima volta a vent'anni per i radicali di Pannella, poi per i comunisti. Sopra il suo letto il Che Guevara la teneva d'occhio.

I suoi genitori l'avevano fatta battezzare e cresimare; urlando all'oltraggio si fece sbattezzare, considerando usurpati i suoi diritti fondamentali, cioè libero pensiero in senso sinistro, si capisce.

Frequentava un gruppo di ragazzi che la volevano arruolare per dei piccoli favori in caso di sommosse turbinose.

S'innamorò del figlio di un editore, aprirono una libreria frequentata da artisti di vari generi, ma il ragazzo non era affidabile, lei sgobbava notte e giorno, lui andava a spasso con fanciulle bionde. Fine dell'amore, ma non della libreria.

Trovò un socio che condivideva i suoi valori, sposato a una sua amica. Dimenticavo, aveva un sacco di amici, amiche, si riunivano spesso per programmare dei viaggi a Cuba, in Jugoslavia, là dove batteva il cuore.

Tutti erano figli di borghesi di prima generazione, le mamme andavano ancora a messa, i padri votavano liberale, o DC, qualche dirottato flirtava con i socialisti, pochissimi. Le università di Trento e di Padova andavano forte per via dei docenti.

Il mondo? L'avrebbero cambiato loro. Ascoltavano i Dischi del Sole, Dario Fo e Franca Rame, il teatro di Brecht versione Strehler, cantato da Milva, le canzoni della mala con la Vanoni. La festa dell'Unità li vedeva in massa con i lavoratori, ascoltavano Guccini rapiti, de Gregori, la Mannoia. Tutti cantavano in queste mega feste, radio Popolare era ascoltata dovunque, i gay avevano il loro programma la domenica sera, andava forte.

Stefania era aiutata in libreria da una schiera di ragazzi, tutti gay militanti. Si rideva molto scimmiottando Patti Pravo, si fumavano le canne come ciminiere. Maschi con i maschi, le donne non ancora rassegnate.

Nel frattempo si vendevano i libri con lo sconto del 20%. Il cinema conosceva un momento magico, registi geniali più o meno impegnati, Risi, Comencini, Fellini, Pasolini, Antonioni, indimenticabili artisti, si discuteva per ore nelle trattorie di Monica Vitti, della Notte, di Ferreri e dei suoi attori complici. Di Marcello, di Anita, di Bertoluccci e del suo famoso tango...

Si erano anche accorciate le gonne ma Stefania preferiva i jeans, la pillola era finalmente arrivata, l'aborto non era più punibile, il divorzio liberò molte famiglie da convivenze azzardate. L'effervescenza si respirava ovunque, Stefania non ne perse un secondo di questi anni. Si è divertita, ha urlato che era vietato vietare, di liberare il Cile da Pinochet, la Spagna da Franco, il Portogallo da Salazar. Non si andava in vacanza nei Parador o Posadas lussosi, che costavano pochissimo, a causa del cambio per il resto dell'Europa favorevole, ma si andava in campeggio nelle isole Istriane diventate jugoslave e si gridava, viva Tito.

Stefania non mollava il suo partito, andava spesso in via Bellezza, nel circolo Arci, ad ascoltare Ivan della Mea, o al Ponte delle Gabelle, per i concerti dal vivo di musica popolare europea, andavano forte i canti irlandesi, separatisti convinti, invitati da Giancarlo Nostrini di Radio Popolare.

Poi decine di anni passarono in fretta, la cinquantina piombò sulla testa di Stefania. Un'epoca scialba aspettava una pulizia generale delle mentalità, che fece finta di riuscirci. Tutto cambiò, per modo di dire, come il Gattopardo.

Come si fa a vendere libri a della gente che non legge, ma guarda la televisione, le partite di calcio, strilla improperi in pubblico, diventando famosi e popolari.

Si cambiava secolo, i giornali s'impaginavano con delle fotografie enormi, dei titoli cubitali e dei testi rosicchiati, riassunti di tragedie in quattro righe, le guerre varie, orrende, orchestrate dalle Potenze mondiali. Già, era caduto il muro di Berlino, come si fa a dimenticarlo. La Russia si apriva con i satelliti che la formavano, non era un quadro brillante ma si sa, le illusioni non muoiono mai.

Sono spariti tanti personaggi che ebbero il loro momento di gloria. Le industrie, le acciaierie furono rimpiazzate dalla moda, i sarti sono diventati dei divi grazie alle esportazioni lucrative, coccolati dalle testate, dalla pubblicità.

Non andava più la modestia, la riservatezza, ma l'opulenza chiacchierona, le ragazze scosciate fierissime di essere usate come regalo per vecchietti in vena di gagliardia.

C'era odore di volgarità diffusa in tanti settori.

La nostra Stefania si tinse i capelli in biondo con mèches, vestendosi sempre di jeans e magliette, ma ora straripava alla vita e le braccia non erano più toniche. Nel passato portava, in inverno, delle pellicce, come tutte, ma ora inorridisce al solo pensiero, però le conserva in canfora nell'armadio. Non la spaventano le contraddizioni.

Ama il suo gatto, le case confortevoli nei quartieri tranquilli, signorili, le vacanze esotiche il più spesso possibile. Vota ora il PD, con uno sfondo verdino, non si scherza con il riscaldamento del pianeta, l'avvenire è verde, come fu il comunismo per l'umanità, a suo tempo.

Da giovane credeva che bastasse la volontà per fare sì che la vita valesse la pena di alzarsi al mattino. Era mezzo secolo che si faceva un mazzo pazzesco, per ritrovarsi, con il suo socio, a non sapere come inventarsi un futuro meno penoso, dal punto di vista vendite, almeno guadagnarsi qualcosa, era il minimo.

Venivano a firmare gli autori, un pomeriggio alla settimana, qualche nome conosciuto grazie a un premio, una fiera, una intervista televisiva condotta dal solito presentatore miliardario.

Venne una formidabile scrittrice americana, anziana, abituata a recitare la sua parte, sorridente, perfetta, firmò per tre ore con garbo, ringraziando i suoi lettori con una sincerità che sembrava autentica. Per ogni libro, faceva un tour mondiale delle capitali, nelle librerie dove vendevano i libri del suo editore, risultava la più venduta, con 550 milioni di copie in quarant'anni di scrittura e servizio di promozione. Mai una critica negativa, era troppo simpatica e influente, una grande professionalità, senza dubbio, ma i suoi libri erano davvero buoni?

Da qualche tempo, l'argomento preferito di Stefania, era il suo gatto, ormai vecchiotto, non più arzillo, compagno di serate tranquille, e il telefono con le amiche sparse ovunque. Ci passano delle ore a discutere di ghiacciai in via di scioglimento, di fertilizzanti abusivi in America Centrale, per colpa degli Stati Uniti. Si scivola piano sulle creme miracolose che mimetizzano la couperose e la rosacea, l'anca nuova di Monica, che non riesce ancora a camminare dopo due mesi dalla sua operazione. Poi arriva il prof X che fa miracoli per la vista, il dentista favoloso che impianta dei denti più belli di quelli di Julia Roberts, ma ti fa un male che non dimenticherai mai più.

Sono spariti gli amici gay, morti di AIDS quasi tutti, quelli rimasti si vogliono sposare per questioni economiche.

Tempi grami, un po' incomprensibili per chi ha vissuto gli anni settanta e ottanta a cento all'ora. Stefania è diventata una giovane vecchia che non si arrenderà mai, convinta di essere sempre nel giusto, di lottare per difendere le sue idee che condivide sul suo sito internet con centinaia di followers. Adora questo mezzo, l'unico che salva di questo nuovo secolo. Non vende niente, parla d'idealismo, di neve che cade in luglio, di gatti abbandonati, di politici così ignoranti, salva solo la cara Emma Bonino, diventata senatrice.

Vive con i tempi, non sono i suoi, si capisce, ma almeno tenta di seguire il movimento, a modo suo.

Non rinnega il suo passato, è servito a capire che la manipolazione non è una novità, il mondo vive di questo, ovunque, non è nemmeno triste, è una realtà.

Quando si guarda allo specchio, non si riconosce, come non riconosce la sua città, il suo paese, le sue amicizie, è la vita, gira all'impazzata, ce n'è per tutti.

5 I contrasti

Non era brutta ma sgraziata, spinta da sua madre ad uscire dalla sua condizione sociale con lo studio, non aveva scelta.

La famiglia era modesta ma non disagiata, c'era la nonna che, come capo assoluto, gestiva i soldi; i figli, artigiani da generazioni, eseguivano il lavoro con scrupolo ma senza passione.

Il padre di Fina era un edonista, si godeva la vita, la natura, le donne, sua moglie mordeva il freno, lo conosceva bene e sapeva che le metteva le corna, il peggio era sopportare la suocera, che odiava. Lui, delegava volentieri il lato finanziario a sua madre, era il suo prediletto, e, per amore suo, doveva tollerare una nuora che non stimava per niente, che osava intromettersi negli interessi famigliari, lei, l'estranea, sposata perché incinta di tre mesi di Fina, una furbacchiona.

Erano imbianchini, tre fratelli, tre mogli e ognuno con un figlio, che dipendevano dalla veterana. Le nuore dovevano giustificare le loro spese, i bambini servivano da tramite.

Fina studiava con accanimento, si affannava e trovò il trucco per diventare popolare, fare ridere i suoi compagni, ma non dava mai una mano a nessuno, si faceva invitare alle feste dei notabili, spinta da sua madre, doveva rendersi indispensabile, animatrice emerita di serate riuscite.

Non era tra le prime ma la maturità la promosse, in famiglia, al rango d'intellettuale che avrebbe insegnato lettere alle superiori. L'Università le cambiò la vita, incontrò un gruppo di ragazzi e ragazze nelle sue stesse condizioni. Tutti pronti alla rivincita, un giorno sarebbero stati loro a decidere del loro destino, era chiaro. Erano sensibili alla cosiddetta libertà di gestire il proprio futuro, pronti a impegnarsi. Qualcuno, per qualche tempo, dirottò dalla parte degli hippy, andarono a fare pascolare le pecore, tenendo fermo il mestiere d'insegnante.

Fina era l'amicona di tutti maschi, la rabbia nel cuore, s'innamorava, le sue amiche le raccontavano per filo e per segno come si svolgevano i loro amori, senza rendersi conto della coltellata che le piantavano nel cuore.

Vergine senza la vocazione, rimuginava facendo finta di divertirsi, il fegato pieno di bile, finché incontrò Michele, un introverso arrabbiato con il mondo intero.

Non più così brutta, il suo corpo si era fatto armonioso, aveva due gambe stupende, sorrideva in continuazione con la sua grande bocca, dava l'impressione, falsa, di essere una bonacciona, sempre ridacchiante, di buon umore.

Suo padre morì giovane, sua madre, cinquantenne, teneva lei le redini della casa, dopo la morte della suocera. Decise di vendere la sua parte della piccola impresa ai cognati, e di vivere in città con sua figlia.

Finirono gli amori con Michele perché s'innamorò di Sandro, il marito di una sua collega, prof di ginnastica.

Si vedevano due volte alla settimana, in casa di un amico fidato, sua madre non conosceva il ginnasta, con la scusa di corsi di specializzazione Fina aveva via libera.

Quest'uomo stava benissimo con sua moglie e i due figli ma Fina era un regalone, poteva farle fare quel che voleva, eseguiva, persa nella frenesia del sesso libero.

Fina scoprì che bastava volere un uomo, per metterselo subito nel letto, era così semplice. Sandro gestiva senza problemi le sue donne, lunedì e giovedì con Fina, anche lui con la scusa dei corsi speciali.

Fina realizzava il suo sogno di vita ideale, sua madre si occupava dei problemi domestici, cuciva, stirava, lei insegnava a una banda di adolescenti insopportabili, ma le vacanze erano tante e partiva con i suoi amici in giro per il mondo. Sandro rappresentava il suo mondo erotico segreto, il suo equilibrio psicofisico. Non lo amava, ma andava bene così, sarebbe stata incapace di sposarsi. Odiava l'intendenza, sua madre sì, il sesso senza dovere occuparsi delle esigenze del partner, la pacchia. I viaggi, le cene con gli amici, le discussioni fino a tardi la notte. Disponeva del suo tempo come le pareva, immatura, egocentrica, forse, incapace di condividere i suoi spazi con un estraneo.

Alla morte di sua madre, Fina aveva ormai sessanta anni, e Sandro sempre presente. Avevano le abitudini delle vecchie coppie, si volevano bene, li prendevano in giro i soliti amici, questi amanti stagionati.

Fina si fece ritoccare la bocca, esibiva un sorriso smagliante, la sobrietà non faceva parte della sua vita, amava farsi notare e mettere in mostra il suo pezzo forte, le gambe, sarebbe morta piuttosto che calzare delle scarpe comode. Diventava una vecchia esibizionista, minigonne e bikini, pantaloncini. Era più forte di lei, voleva farsi guardare a tutti costi.

Era andata a letto con tutti mariti delle sue amiche, ignare, ovvio, senza stati d'animo, la resa dei conti, in qualche modo. Non aveva dimenticato le umiliazioni, le parole che feriscono. Si rifaceva alla grande, ma senza vera soddisfazione, troppo tardi.

Ha bruciato tutte le sue fotografie giovanili. Al cimitero mette i fiori sulle tombe di queste creature invidiate, odiate, lei è sopra, loro sotto terra. Non riesce a dimenticare la sua gioventù infelice, i giochi più belli degli altri, i loro vestiti che ti definivano più ancora delle tue origini. Era ancora invidiosa di Gina che girava sulla sua bici rossa, nuova fiammante, sua madre era elegante, avevano una Lancia Coupé, suo padre era vice direttore di una ditta di metalmeccanica, un ingegnere. Si era sposata a ventidue anni con un avvocato, poi morta di parto. Quando fioriva la sua tomba la rivedeva con un bellissimo vestito, andava a teatro, il suo viso splendeva di gioia, lei la voleva morta, stecchita.

La bella Franca, corteggiata da tutti maschi del quartiere, viveva in una casa fiorita, avevano una cameriera, vestiva all'ultima moda, studiava con facilità, era simpatica, gentile, generosa. Non la sopportava proprio, sperava che le scoppiasse il cervello, si macchiasse il vestito, che crepasse in un burrone. Morta una decina di anni fa, di cancro. Le portava un vaso di fiori rossi che bagnava ogni settimana.

Francesco, il bellissimo figlio del dottore, la salutava sempre, filava con Anna, una biondina. La invitava a ballare, nelle feste, solo il rock, mai un bacio. Morto in un incidente a trenta anni. Gli offre dei garofani gialli in un vaso di plastica.

Maurizio, il figlio del macellaio, con il suo motorino la portava a fare un giro lungo il fiume, poi le toccava il seno, la piantò in asso perché non lo lasciava mettere le mani nelle sue mutande, quel cretino, niente fiori, era pure brutto quanto lei, il naso grosso, degli occhi porcini, i capelli a spazzola.

Carletto, il peggiore di tutti, figlio del tabaccaio, magro, pieno di foruncoli, delle mani da spavento, le unghie sporche, la spinse dietro il portone di casa, le mise in mano il suo coso grosso e rosso, ansimando, schiacciando la sua bocca bavosa sulla sua per farla tacere. Morto di cancro al fegato a quaranta anni, alcolizzato, teppista nato.

Niente fiori a questo grosso coglione.

Maria Luisa, la cocca di tutte le mamme, perfetta, carina, studiosa, sempre gentile, altruista, aiutava in casa, un futuro angelo del focolare. Stecchita, secca dalla tubercolosi a diciassette anni.

Fiori bianchi per questa poverina, non la invidiava, ma le stava sullo stomaco lo stesso, troppo in tutto e sua madre che la citava sempre, prendi esempio, guarda che brava ecc.

La lista sarebbe lunga, perché odiava tutto e tutti, anche se non lo dava a vedere. Molti sono al cimitero, ci viene ogni settimana, puntuale, fiorisce o meno, inveisce al ricordo delle loro esistenze che hanno rovinato la sua.

La gente vive con sentimenti vari, amore, odio, indifferenza, noia, Fina ne ha conosciuto uno solo, il rancore. Sembra il ritratto di un mostro, un po' lo è, un po' no.

È ridacchiosa e si nasconde dietro un personaggio, non si ama ma si guarda di continuo negli specchi che coprono i muri della sua casa. Insicura da sempre e spavalda, superficiale e si perde con Nietzsche, inflessibile e lascia correre le insidie. In contraddizione con sé stessa dalla nascita, ha subito una famiglia prepotente che aspettava miracoli da parte sua, nessuno considerò mai la sua fragilità.

Ancora oggi, non è simpatica, ma con lei non ci si annoia di sicuro. Non si sa cosa tiene in riserva per farsi notare, meglio stare alla larga delle sue trovate e navigare in acque serene in compagnia di Camilla, tutta pepe e sincerità, che sparge generosa a piene mani.

È nata in una famiglia operaia, padre e madre lavoratori in una fabbrica, alla catena di montaggio, si può dire da bambini. Lo stipendio dato intero per i bisogni della casa alle madri vedove, come lo facevano già gli altri fratelli. Si sono sposati a diciannove anni e la primogenita è nata dieci mesi più tardi, Camilla. Vivevano in una stanza senza servizi, si usava uno sgabuzzino con WC alla turca condiviso con altre tre famiglie al pianoterra, l'acqua sul pianerottolo da un rubinetto con un secchio e non era potabile. Erano innamorati, cantavano, la vita era bella, avevano due stipendi, la salute e una bambina stupenda.

Nell'unica stanza c'era l'angolo per mangiare, un divano letto, una cucina a gas, dei pensili, un armadio della nonna e la carrozzina dove dormiva la piccola, unico lusso la radio portatile e un mangianastri, adoravano le canzoni e collezionavano i dischi a quarantacinque giri. Gli studi si erano fermati alla quinta elementare, non leggevano né libri né giornali, ma grazie alle informazioni radiofoniche seguivano l'attualità.

Le giornate si succedevano, regolate al minuto, sveglia alle 6.30, prima colazione caffè latte e pane, portare la bambina dalla nonna e timbrare alle 7.30 precise. Uscivano alle diciotto. In senso contrario, prima dalla nonna a riprendere la bambina e veloci a casa loro. Il primo gesto era di accendere il pulsante della radio, spazzolare il pavimento, riordinare e preparare la cena, mettere il bucato ad ammollo, alle 9.30 si chiudevano gli occhi e si apriva il divano, finalmente si riposava. La bambina in mezzo al letto, giocavano, scherzavano, erano felici.

Poi arrivò dal comune la casa tanto desiderata, al sesto piano di una casa nuova di zecca, in una zona di periferia vicino a un canale e in campagna. C'erano un ascensore, un bagno con la vasca, un lavandino, una cucina abitabile spaziosa, un soggiorno, una camera da letto. Piano piano comprarono a credito qualche mobile, una lavatrice. Camilla è vissuta venti anni in questo posto, si conoscevano tutti, bambini che giocavano nel cortile a orario fisso per non disturbare. Le case popolari si moltiplicarono, si aprirono dei negozi, i primi supermercati, si potevano comprare le verdure e la frutta negli orti vicino al canale a prezzi convenienti.

Camilla conosceva bene Fina, avevano la stessa età, prendevano lo stesso autobus per andare a scuola, era bravissima, studiava con piacere e diceva a tutti che da grande sarebbe stata una cantante lirica come la Callas.

La sua camera era piccola ma sempre in ordine, decorata sopra il letto da un poster della Scala di Milano. Suo padre aveva una voce di baritono e cantavano insieme alla madre delle arie di Puccini, Bellini. Nelle vicinanze viveva la Signora Giudici, che dava lezioni di solfeggio e di piano a prezzi modici. Ci andava Fina, ma non aveva orecchio mentre Camilla si appassionò subito e la prof si affezionò alla bambina e non le fece più pagare le lezioni.

La maturità era il traguardo irraggiungibile per i genitori e la nonna, fecero una festa grande quando il diploma arrivò in mano alla ragazza. Andò subito a lavorare come lavapiatti in un fast food del centro, e durante l'estate raccolse la frutta, fece la bambinaia e mise da parte i soldi per andare a studiare pianoforte e canto al Conservatorio. Sua madre era orgogliosa di lei e suo padre impazziva per la futura diva.

Erano tutti affettuosi, lo manifestavano con abbracci, Camilla, estroversa, adorava le coccole che la facevano sentire amata. La sua voce era da mezzosoprano, studiava il piano e suo padre aveva comprato una tastiera sulla quale si esercitava, ma i muri sottili delle pareti non isolavano i rumori e i vicini apprezzavano malvolentieri i suoi esercizi giornalieri.

Scoprì di non avere un timbro interessante e una potenza relativa, capì che insistere sarebbe stato stupido, in compenso al pianoforte si sentiva sicura di sé, ma non bastava essere solo brava. Adorava l'atmosfera che si respirava al Conservatorio, non sarebbe mai stata una prima donna, ma grazie al suo orecchio assoluto avrebbe potuto insegnare, si sentiva in grado di trasmettere e chissà scoprire qualche vero talento.

Cantava per divertirsi, in compagnia, meglio di chiunque in ogni caso, divenne docente al Conservatorio, insegnava armonia, solfeggio, canto e pianoforte.

Aveva ormai ventotto anni e viveva ancora con i suoi genitori, viaggiavano assieme, andavano nei festival europei, dove incontrò un cantante conosciuto che le chiese di accompagnarlo al piano nei suoi concerti e in registrazione.

Lo fece con piacere senza lasciare il Conservatorio, il cantante divenne un suo innamorato, si chiamava Bruno. Era piccolino e bruttino ma molto simpatico, nemmeno lei era uno splendore, aveva almeno una testa e mezzo di altezza più del suo compagno, ne ridevano a crepapelle.

Bruno divenne molto famoso per avere creato delle canzoni di successo, di colpo appetibilissimo per le sue fan che lo trovavano stupendo. Il ranocchio diventato farfalla, incredibile!

Camilla non era gelosa, le davano fastidio come le zanzare, ma Bruno ci cascava ogni tanto, per forza, sapeva che il loro legame era fatto di una materia solida, il lavoro, la musica, la loro amicizia, allora il sesso non aveva molto importanza. Ma come l'alcool, con moderazione, non esageriamo.

Avevano acquistato una casa, lei al secondo, lui al terzo, uno studio di registrazione al pianterreno.

Non frequentavano le stesse persone, pochi amici in comune, tutti musicisti.

Camilla voleva comprare un appartamento ai suoi genitori che rifiutarono inorriditi, stavano troppo bene nella loro casa, conoscevano tutti, si frequentavano con i vicini, il quartiere era la loro vita, le loro abitudini. Una volta alla settimana tornava dormire nella sua stanzetta, cenare nel soggiorno luminoso e cantare con il papà, ascoltare la Norma e piangere sul divano abbracciata a Briciola, il cane.

Non cambierebbe una virgola della sua vita. Bruno e lei non erano una vera coppia, liberi di incontrare altri partner se lo desideravano, ma Camilla era monogama, le andava bene così, il suo piccolotto in condivisione, perché no!

Fina tentò di entrare nella loro vita, per fortuna Bruno non la sopportava, e lei non le voleva né bene né male, la divertiva ogni tanto, la conosceva bene, la sopportava e sapeva come trattarla, da lontano. Le regalava dei biglietti per vari concerti, lei si vantava con i suoi amici di essere intima con Bruno. Contenta lei!

Camilla amava i suoi genitori alla follia, la sua cara nonna, le avevano trasmesso il gusto della semplicità, della genuinità dei sentimenti. Era una roccia solida, se desiderava qualcosa, lavorava per procurarsela, niente le era dovuto né lo pretendeva. Per questo Bruno la sentiva unica, lavoravano assieme ormai da decine di anni, era la sua sicurezza. Lui aveva il dono delle note e lei le trascriveva, non potevano lasciarsi.

Camilla assisteva di rado ai concerti, solo se era necessario o se mancava un pianista, odiava il palcoscenico, le metteva l'ansia, sapeva che l'adrenalina aveva un prezzo alto e come si doveva calmare il troppo pieno dopo un concerto. Buttarsi, da solo, in piena luce, in mezzo al buio dove ti osserva il pubblico che aspetta molto da te, richiede una dose di coraggio o d'incoscienza notevole, allora si beve o ci si droga, spesso tutte due le cose. Bruno possedeva un autocontrollo straordinario, usava il training autogeno, non funzionava sempre, ma tre bicchieri di vino rosso erano spesso necessari. Era molto quadrato, famoso, aveva talento, ma nessuna illusione sull'ambiente che lo circondava, il rapporto con gli agenti, i media, la televisione. Si fidava solo di Camilla e dei suoi fratelli, aveva la casa piena di parassiti, bastava vendere meno dischi, fare il concerto sbagliato e la casa si sarebbe svuotata in un attimo.

Aveva una governante molto brava che si occupava dell'intendenza sua e di Camilla, una coppia che gestiva le pulizie, la cucina e la guida delle macchine.

Non spendevano soldi di rappresentanza, niente seconde case, macchine costose, vestiti firmati ecc.

Vivevano un'esistenza bizzarra, organizzata attorno alla musica, niente hobby per mancanza di tempo, né viaggi. I momenti migliori erano quelli passati al piano, a cercare un suono particolare. Camilla e Bruno avevano in comune la stessa sensibilità, un intuito formidabile, uno iniziava una frase, l'altro la completava.

L'amicizia era diventata un'utopia in una casa sempre piena di gente, Camilla molto selettiva e guardinga sapeva che fidarsi sarebbe stato un lusso che non si potevano più permettere. Così si faceva finta da entrambe le parti, baci e abbracci, qualcosa di più ogni tanto in camera da letto, si rideva molto con gli spinelli, si giocava... consapevoli dell'inconsistenza di questi momenti impalpabili, superficiali.

Si tornava sulla terra per vedersela con le tasse, il prezzo del pane, i dolori, la morte dei parenti, come tutti quanti.

Fina invidiava Camilla, era ovvio, la sua ex vicina del quartiere, non eccezionale, ex povera che viveva nel mondo dei lustrini, incontrava gente famosa, aveva soldi in un mondo di sogni. Perché era toccato a lei, che non era nemmeno brava in niente? Che cosa le trovava Bruno, non lo capiva e la faceva imbestialire.

Camilla, da sempre fatalista, non credeva in Dio, non aspettava niente dal domani, l'oggi le bastava.

Il caso l'aveva messa in condizione di seguire una strada tracciata solo per lei, non era perfetta, me le stava bene.

Aveva sognato la voce del secolo che avrebbe fatto impazzire un pubblico raffinato, invece trascriveva delle note create da Bruno, più in ombra di così... se non lo avesse fatto lei, qualsiasi musicista sarebbe stato in grado di prendere il suo posto. Bruno era un pozzo senza fondo di creatività, sincero, il pubblico lo sentiva, non era famoso per caso, se lo meritava, era bravo.

Camilla non invitava mai Fina, ma se la trovava di continuo intorno, tutti le credevano intime, anche le loro madri. Quella di Fina si chiedeva come una donna così scialba fosse riuscita ad accalappiare un cantante famoso, spargeva la voce che di sicuro si drogavano, tanto per rovinare la giornata ai genitori di Camilla. I cani non fanno dei gatti...

La mamma di Camilla era saggia, non si vantava mai di niente, ma le dicerie le davano fastidio e chiese a sua figlia se la droga circolasse in casa sua. Capì subito da dove arrivavano le voci e invitò Fina e sua madre a pranzo con i suoi genitori.

Arrivarono spavalde, tutti assieme sorridentissimi. Era vegetariana e non tollerava carne alla sua tavola. Mangiarono benissimo e arrivati al dessert, Camilla, ridendo, chiese se volevano della torta all'hascisc o fumare una canna, dopo il caffè. La madre di Fina divenne rossa fiamma e fece finta, tossendo, di ridere, sua figlia tormentava la mollica del pane, i suoi genitori le chiesero se desse i numeri.

Non le importavano niente le dicerie di Fina e famiglia, non le si potevano cambiare, ma non sopportava che si facesse del male ai suoi genitori con la meschinità.

6 Non è mai troppo tardi

Il condominio assopito viveva le sue regole: nessun rumore dopo le 22, televisori al minimo, sciacquoni brevi, il buio del cortile ricordava il coprifuoco, rispettato da tutti, per forza ci si coricava presto.

Maddalena viveva da sola al secondo piano, un appartamento ereditato dai genitori. Cinquantenne delicata, alta e magra, devota, secondava il prete della parrocchia per i servizi a domicilio delle persone anziane o in difficoltà, conosceva tutti e tutti la conoscevano.

Da giovane lavorava in uno studio di architettura, come segretaria del capo, fidatissima, assumeva i compiti con fervore, era sfruttata senza vergogna da parte di tutti, eseguiva senza fiatare.

Tutti nel palazzo la temevano, intollerante frenetica, a suon di biglietti affissi nell'atrio, ordinava, condannava, era la buona coscienza della casa. Non era grave ma imbarazzante per tutti. Divenne arcigna con l'età, istigava con modi melliflui delle perfide verità su un vedovo che non sopportava, si dava da fare con tre vecchiette che non vedevano l'ora di odiare quest'uomo, non avendo niente di meglio a portata di mano.

Il problema maggiore era quello dei cani, abbaiano, fanno baccano, sporcano il cortile, perdono i peli nelle scale, i padroni sono maleducati, sarebbe giusto proibirne la presenza.

I bambini non dovrebbero giocare a qualsiasi ora fuori dal parco giochi, soprattutto con la palla, impediscono il riposino con le urla, i genitori, così ignoranti, non intervengono.

Le macchine parcheggiate in malo modo, con il motore acceso alle tre di notte.

Quelle sporcaccione che buttano di tutto dalle finestre, mozziconi, briciole, cartacce. Quei disgraziati che lasciano il portone aperto e le ditate sporche sui citofoni e i vetri ecc.

Avete riconosciuto il vostro condominio con la sua Maddalena?

Se aiutava il prossimo, lo faceva in modo plateale, era diventata insopportabile, questo l'avrete capito!

Maddalena prese l'abitudine di andare a correre lungo il sentiero che costeggia il fiume e incontrò Emilio. Ci andava tutta la città! Era un ex bell'uomo, divertente, simpatico, correvano insieme per la prima volta. La scena si ripeté per un mese, Emilio la invitò a pranzo nel fast food vicino al cinema, frequentato da giovanissimi del doposcuola. Hamburger, patate fritte, birra, gelato, caffè insipido in un bicchierone, Maddalena assaggiava per la prima volta l'ebbrezza della vita pulsante di rumori a lei sconosciuti.

Era in pensione anticipata, per una malattia invalidante non bene definita. Libera di disporre delle sue giornate, si dava alla guerra con il vedovo, a tutto spiano con le vecchiette, sgranocchiando biscotti.

Emilio tesseva una ragnatela sottile e solida, da bravo uomo ragno, aveva preso una cotta per Maddalena. Capiva che per sedurla, ci voleva molta pazienza e calma, niente fretta e garbo da rivendere.

I mesi passavano senza grandi cambiamenti, la Bella si faceva desiderare. Nel passato aveva conosciuto qualche ragazzo, ma era perdutamente innamorata dell'architetto, una passione, purtroppo a senso unico, il capo usava il suo fascino altrove e parecchio.

Ebbe una storiella con un imprenditore che lavorava con l'architetto. Si era buttata in una situazione senza lieto fine, si trattava di un Don Giovanni sposato con figli, una fama di sciupa femmine cucita addosso. Le diede, però, il piacere di uscire della sua condizione di zitella incallita, un passo piccolo, meglio di niente.

Emilio, nel bar tabacchi, pizze, tosti e panini a qualsiasi ora, ricevitoria del lotto, gratta e vinci, incontrava gente a getto continuo, si giocava a carte nella saletta sul retro, non a soldi sembrava, non era una bisca. La moglie, alla cassa, lui alla ricevitoria, due camerieri, la vita era movimentata dalle chiacchiere dei soliti fedeli che frequentavano il locale, più uomini che donne.

Aveva sempre tradito la moglie, senza frenesia, per sport, per provarsi che ce la poteva fare. Lei lo sospettava, era lei la padrona del locale, ereditato da suo padre, con le licenze varie, lo teneva d'occhio, senza stati d'animo, tanto, anche lei, ogni tanto, cedeva alla corte di un cliente, perché no?

Sposati da una trentina di anni, i figli laureati e lontani, si rispettavano ma la loro vita sessuale era finita da parecchio tempo, non si volevano male ma nemmeno bene, appassiti nelle abitudini, andava bene così.

La moglie di Emilio si chiama Piera, alta e formosa, i capelli biondo cenere, curati a giorni alterni dal parrucchiere vicino di casa, impeccabile, non si muoveva un capello grazie alla lacca, le mani perfette di manicure, le unghie rosso sangue lunghissime, era quel che si chiama una gran bella donna. Vestiva di colori vivaci, adorava i gioielli, in particolare gli orecchini, brillava di mille fuochi dietro alla cassa.

Non le scappava nulla dalla sala, teneva tutto in mano con un guanto di velluto, era benvoluta sia dal personale sia dai clienti, i suoi migliori ammiratori, mai volgare, teneva a distanza con gentilezza.

Emilio serviva al bar, preparava gli aperitivi, i caffè, conosceva tutto su tutti, non sparlava mai di nessuno, un'arte che praticava da sempre. Sapeva essere discreto, e un confidente sicuro, benevolo dopo i numerosi brindisi. Psicologo, con pratica di decenni, all'ascolto senza nessun obbligo da parte del cliente, solo quello di consumare, da anni, il cappuccino con il cornetto il mattino, o lo spritz serale dopo una giornataccia.

Maddalena, di salute cagionevole, non beveva, non fumava, mangiava poco, a dieta dall'infanzia, però giocava ogni tanto al lotto, e lo fece nel bar di Emilio e vinse 1000 euro, offrendo poi da bere a tutti, rossa di eccitazione, e questo piacque a Emilio da pazzi, si era sciolta e sembrava un'altra, non più la goffa zitellona rompipalle che deridevano tutti.

Maddalena non frequentava i bar, odiava il chiasso, l'odore del fumo, della birra, del vino, Emilio la incuriosiva con i suoi modi da gentiluomo.

Non si sa bene come, finivano per incontrarsi sempre più spesso. Per il suo compleanno Emilio le mandò un enorme mazzo di rose bianche, Maddalena pianse per ore, non le era mai capitato che un uomo...

Ricambiò, regalandogli un portafoglio di coccodrillo che Emilio non poteva usare, Piera se ne sarebbe accorta. La brava moglie non sopportava, da sempre, la presenza di Maddalena, la trovava odiosa, falsa, beghina, suora mancata, un manico di scopa mal vestita. Il sesto senso delle donne!

Non era più innamorata da tempo del marito, ma sentiva l'attrazione che Emilio non riusciva a nascondere, le dava un fastidio bestiale.

Una sera tiepida di maggio, Emilio e Maddalena facevano il solito jogging lungo il fiume, erano soli, si baciarono come due adolescenti. La toccava, si lasciava accarezzare, era una falsa magra con un bel seno, altro che manico di scopa! Finirono nel bosco, meglio dell'amante di lady Chatterley. Erano mesi che Emilio se la sognava, era ancora più eccitante del previsto, dal vero, in carne con poche ossa. Maddalena non era timida nell'intimità, sorprendendo molto il suo partner. Troppi anni di castità forzata risvegliavano un istinto solo assopito.

Maddalena lo invitò a casa sua, tardi di sera, quando nessun occhio indiscreto li poteva scoprire. Non parlavano mai, si buttavano addosso uno all'altro, andò avanti per mesi. I sensi si placarono, Maddalena divenne possessiva, gelosissima della moglie del suo amante e pretendeva una presenza più costante. Mandò una lettera anonima a Piera, che, furiosa, scopri subito di chi si trattasse e li colse in flagrante con un testimone. Fu uno scandalo in tutta la città, soprattutto per via della protagonista, non per Emilio. La benpensante divenne un bersaglio facile, una svergognata rovina famiglie. Le vecchiette e il vedovo se la ridevano, l'ex vergine santissima era su tutte le bocche, non il suo amante che tornò nel suo bar, dalla moglie arrabbiatissima pronta a perdonare, ma non la scellerata che lo sedusse. Si sa che gli uomini sono instabili dalla parte che conosciamo, non esiste un appellativo pacato per le donne, in questo caso ci fu un vero diluvio di volgarità offensive.

Protagonista involontaria, Maddalena si rinchiuse in casa, non osava più uscire dalla vergogna.

Emilio era un vigliacco, non fece mai niente per calmare la bufera. Piera, imperterrita, coperta di nuovi gioielli, sorrideva come la Gioconda, tutti i clienti stavano dalla parte di Emilio, si capisce, ma apprezzavano il carattere di chi difende i propri diritti (chiamiamoli così), vale a dire la famiglia!

Maddalena non era credibile come grande amante, Emilio, invece, sapeva che le acque dormienti possono nascondere dei temperamenti focosi. Purtroppo per lei, aveva tutti contro e sapeva che non le sarebbe mai perdonato da nessuno.

Una coppia di settantenni abitava al pianterreno dello stabile da novembre ad aprile, non facevano una vita sociale, cortesi, salutavano tutti, mantenevano le distanze di sicurezza.

Non è stato detto in precedenza, ma eravamo nel Veneto, a San Zeno di Verona.

La signora si chiamava Elena e suo marito Vladich, erano figli di Istriani sfollati dopo la guerra, i loro altri parenti sterminati nelle foibe.

I genitori di Elena furono accolti da una zia sposata a Desenzano, Vladich da suo nonno a Vicenza.

I due ragazzi s'incontrarono all'università a Verona, lei studiava psicologia e lui diritto. Non si sposarono, lei trovò lavoro nella ricerca di personale qualificato, Vladich divenne giornalista politico, di varie testate. Si persero di vista, la vita proseguiva con altri amori, molti viaggi e per caso si ritrovarono, sessantenni in un congresso pre elettorale, lui per lavoro, lei per curiosità. Fu un dolce incontro, non si lasciarono più. Ognuno conserva la propria abitazione, le sue amicizie, però comprarono l'appartamento a S. Zeno per passarci l'inverno assieme. La convivenza non era facile, le abitudini non coincidevano. L'età ammorbidiva i contrasti, fatto strano.

Elena aveva alle spalle una carriera brillante, conosceva la natura umana non solo per abilità tecnica. Vladich era un grande intervistatore, sottile faceva aprirsi chiunque con molto garbo, però implacabile, non mollava mai se lo considerava necessario.

Tutto il palazzo conosceva le disavventure di Maddalena, ma aveva tanto dato sui nervi dei condomini che la compassione non era all'ordine del giorno. Vladich non la sopportava proprio, non capiva perché Elena perdesse tempo dietro a una stupidina e parlottava assieme a lei per delle ore, nell'atrio.

Vladich: «Ma perché dai retta a questa scema, lasciala perdere, non capisco il tabaccaio piuttosto, un mistero questa storia, con tutte le belle ragazze che frequentano il bar, è pur molto simpatico quest'uomo, lei sempre arcigna, rognosa, non è brutta ma così antipatica.»

Elena: «Perché sei un uomo, dovresti capire che Emilio si è trovato a portata di mano una vergine passionale, in un'epoca in qui tutti vanno al letto con facilità dai dodici anni in poi. Lei si offriva e credeva che lui ricambiasse la sua passione, lui voleva sesso, non gli balenò mai una volta il desiderio di lasciare la moglie, il bar, gli amici per una Maddalena. Questo è il problema che lei non vuole capire.»

Vladich: «Non mi dire che voleva sposarlo!»

Elena: «Non si sa, non si vedeva come amante nell'ombra, voleva uscire con lui, passare il Natale, andare in ferie...»

Vladich: «Una piaga, insomma. Povero Emilio, per una scopata poi...»

Elena: «Guardala bene, è pure carina, se volesse, troverebbe di meglio del barista.

Le ho consigliato di viaggiare un po', di guardarsi intorno, è pieno di uomini soli, vogliosi d'incontri non solo sessuali, di smettere di rimuginare la stessa storia, non ne vale la pena di fissarsi su questo poveretto.»

Vladich: «Vuoi che ci provi anch'io a fare una buona azione...»

Elena: «Stupido, è il tipo polipo, edera, dove si attacca, non si gioca con una persona del genere. Le ho consigliato il lato sportivo della faccenda sesso, non è il tipo. Il guaio rimane l'età, voi uomini vi stimolano gli occhi, una donna giovane non pone problema per giocarci un po', una donna non se lo può permettere, solo con ragazzi problematici con il complesso edipico, già, ci sono Macron e Signora. Fanno bene alle donne i tipi come lui, grazie se non altro per questo, apre una porta a tutte.

Nella mia carriera non è MAI capitato di incontrarne uno, tutti con la carne fresca, i miei dirigenti.»

Elena invitò a cena Maddalena, Vladich, curioso del perché.

Arrivò vestita con un maglioncino aderente colore glicine, indossava una gonna che le fasciava il sedere, un rossetto rosso fiamma sulle labbra, un sorriso smagliante illuminava il suo viso, irriconoscibile.

Elena la guardava allibita, gagliarda la nuova Maddalena. L'aperitivo fu necessario per fare circolare l'aria in sospeso. La cena, la conversazione filarono lisce, l'ospite non era una chiacchierona che usava l'ironia con disinvoltura, ma si rivelò più divertente del previsto.

Presero l'abitudine di cenare assieme, una volta alla settimana, Maddalena si scioglieva ogni volta di più e stimava molto Elena.

Vladich chiese alla sua compagna per quale ragione si dava tanto da fare per una ragazza così insulsa, con la quale non aveva niente da spartire.

Elena: «Mi ha sempre fatto pena, non ha mai avuto niente di bello nella vita, il lavoro, le amicizie, senza parlare dei suoi amori, non hai visto la sua casa... un accumulo di brutture, solo le piante sono rigogliose, ha la mano verde. Ci deve essere qualcosa di buono, lo sto cercando, in questa persona, stava molto male qualche mese fa, temevo che si suicidasse. Nessuno merita di morire per la fine di un amore di paccottiglia, bisogna dare un senso vero alla propria vita, sapere scegliere le priorità e fregarsene delle male lingue. Capisco la sua rabbia, repressa da decine di anni, le sue malattie psicosomatiche, l'invidia, la meschinità che la fa sparlare dei vicini, del vedovo. Si merita un po' di serenità.»

Vladich: «Sei un San Bernardo, non riuscirai a cambiare il mondo, né le Maddalene, è troppo tardi, è posseduta ormai dall'acidità. Non si può salvare chi non vuole esserlo. Lasciala stare, non ha bisogno della tua compassione, anzi le fai male. Questa ragazza conosce tutti modi di sopravvivenza del suo gregge, tutti atavici, che la aiutano ad alzarsi al mattino, il suo orgoglio ferito e la figuraccia sono il suo unico problema, confrontarsi agli altri, poveraccia.»

Elena: «Lo so, è vero, ma il suo unico potere era la sua condotta irreprensibile che le dava un'aureola, si rese conto che non ne valeva la pena, anni sprecati, irrecuperabili.

Il tabaccaio le ha fatto scoprire che aveva un corpo che ubbidiva al suo desiderio, e, come una drogata a chi si toglie la dose giornaliera, perse la testa. Poveretta, dai, i conoscenti la prendono in giro, non ha vere amicizie, si è giocata la parrocchia, la credibilità, quello che contava per lei, cosa può fare?»

Vladich: «Chi se ne frega di questa tizia, stupida, squallida e soprattutto ridicola. Il peggio per una come lei è il senso del ridicolo piuttosto che l'orgoglio ferito.»

Si scopre, una settimana più tardi, che Maddalena ha messo in vendita il suo appartamento, per partire a Tenerife, isole Canarie.

Invitò Elena e Vladich per un aperitivo mangereccio di commiato, apro una bottiglia di Prosecco al grido di hasta la vista, ridendo di gusto.

Ha venduto tutto il vendibile, partì per il suo nuovo destino con una sola valigia e un gruzzolo depositato alla Caixa del luogo.

Affittò uno studio, e per tutto il mese cerco un monolocale da acquistare, con vista da sogno.

Trovò il lusso assoluto, un bagno scintillante con idromassaggio, un monolocale di cinquanta metri quadrati con terrazza, all'ottavo piano di un palazzo che ne faceva quattordici, due ascensori più quelli di servizio, una caffetteria al pianterreno, parrucchieri, servizi vari, tintorie ecc. Altroché San Zeno!

Sempre guardinga, non perdeva la testa, spendeva il necessario, niente di più. Cucinava volentieri, con la placca a induzione nella favolosa cucina super accessoriata, lavastoviglie, frigo congelatore, forno a microonde ultimi modelli di design. Tutto brillava, l'aria condizionata rendeva le serate gradevoli, i tendoni sulla terrazza orientata a Est pure, il paradiso.

Girava come una trottola nella sua nuova città, in lungo e in largo, prendeva lezioni di spagnolo, era serena per la prima volta, si sentiva bene, lo stomaco non si faceva notare, le ginocchia nemmeno, dormiva come un ghiro.

Non andava in spiaggia, ma frequentava la piscina olimpica dove ognuno si faceva i fatti suoi. Aveva la sua sedia sdraio fissa sotto l'ombrellone, la sua pelle non gradiva l'esposizione dei raggi cocenti.

Leggeva il giornale, che arrivava puntuale, la sua Arena, non poteva farne a meno. Non aveva nostalgia, non pensava a Emilio, però non resistette a mandargli una cartolina con i suoi migliori ricordi affettuosi, ben sapendo che Piera avrebbe fatto una scenata. Che stupida era stata a prendersela tanto, quando si poteva vivere come una principessa, non le mancava nemmeno il sesso, la sua libidine si era spostata sul nuovo ambiente, le piaceva da pazzi questo quasi lusso scintillante, le comodità del luogo.

Si accorse che tra i residenti, era la più giovane in mezzo a anziani nordici, francesi, tedeschi, che vivevano tutto l'anno da parecchio tempo in questo residence. Si salutavano, garbatissimi, in vestaglie sgargianti, per sdraiarsi al proprio posto a leggere i giornali. Al pianterreno organizzavano degli aperitivi con tacos, pesce fritto che saziava. Le cene serali erano servite dopo le 22.30.

Maddalena adorava questi cambiamenti, si stordiva di vino bianco, di pesce, di fare niente, solo respirare e lasciare le ore scorrere...

Incontrava una signora tedesca, vedova di un ingegnere milanese, con la quale si scambiavano il Corriere. Il cordone non era stato tagliato del tutto per nessuna delle due.

La signora disponeva di mezzi superiori a quelli di Maddalena, aveva a suo servizio una giovane cameriera che la curava, non la definiva mai come badante, ci mancherebbe altro. Si chiamava Heidi, diminutivo di Adelaide, e portava allegramente le sue ottantotto primavere.

Diventarono inseparabili, nonostante tiranneggiasse Maddalena, prepotente, ma così spiritosa che le si perdonava tutto. Ognuna in casa sua, ma nessuno rinunciava alla spremuta giornaliera intorno alla piscina. Non uscivano mai di sera, si ritiravano dopo l'aperitivo.

Poi un po' alla volta, Maddalena conobbe Pier Paolo, Fabio e Pino, tre amiconi genovesi di ottantatré anni ciascuno. Tre vedovi, ex colleghi di banca, che unirono la solitudine, abitando un grande appartamento, spese condivise, aiutati da una cuoca e un uomo per le pulizie e il guardaroba.

Tutti e tre le facevano la corte, e lei si divertiva come non mai. Tre in un colpo, niente male!

Betty non le poteva soffrire, li trovava stupidi e metteva in guardia Maddalena.

Pier Paolo era il più carino, Pino il più divertente, Fabio il più sexy. Tre era il numero perfetto.

Maddalena si guardò bene di dare corda a uno solo, le piacevano troppo così, non voleva sciupare questa schermaglia. L'età può essere una cosa meravigliosa, permette di sapere aspettare per meglio cogliere.

Andavano a ballare due volte alla settimana, in un locale dove le luci erano fantastiche, toglievano le rughe, e la musica fatta su misura per loro. Molti lenti, tanghi languidi, Maddalena scoprì il piacere del lento, abbracciata a Fabio che le baciava l'orecchio. Il tango con Pier Paolo che ballava da Dio, e non scherzava con le mosse, poi languida con Pino che le palpava il fondo schiena e il seno quando lo permettevano la musica e l'oscurità della sala.

Se lo sognavano a Verona delle notti così caliente! Ciao Emilio...

Pino le chiese di venirla a trovare da solo, senza parlarne agli altri. Così incominciò un gioco incredibile, perché lo fecero tutti tre. Aveva tre amanti a turno, senz'altro grazie al Viagra, due volte al mese per ciascuno, non esageriamo.

Maddalena si chiese perché aveva aspettato tanto, era ringiovanita, la pelle luminosa, curava il suo aspetto, si vestiva sempre con semplicità ma eleganza, molto femminile, stava diventando una vera bellezza. Si sentiva desiderata, si divertiva senza sentimentalismo fuori luogo. Le piacevano come amici, amanti, non amorosi, era reciproco, nessuno ingannava nessuno. Gli ultimi fuochi erano i benvenuti per tutti quanti.

Fabio morì nel sonno, i suoi amici riportarono le ceneri a Genova accompagnati da Maddalena, le formalità finite, ritornarono a Tenerife, tristissimi.

Maddalena ereditò una grossa somma di euro, grazie a un'assicurazione sulla vita, fatta da Fabio con una lettera di ringraziamenti per le bellissime giornate passate in sua compagnia. Un gentiluomo che la ripagò delle vicissitudini passate.

Ovviamente non ne parlò con i suoi amici.

La vita riprese con le solite visite bimensili nella camera salotto di Maddalena. Imparò a volere bene, non le era mai successo prima, con tenerezza.

L'amore anziano si svolgeva con consapevolezza del piacere condiviso, calma, e molta attenzione alla partner, che scoprì delle sensazioni finora sconosciute, grazie all'arte di due vecchietti, grandi amatori di donne. Il tempo non aveva presa, ogni centimetro di pelle riceveva attenzione, cura, dava un piacere duplicato.

Maddalena ringraziava ogni giorno il regalo che le faceva la vita e la decisione presa di tagliare i ponti.

Non perdonava Emilio, ma se non fosse successa questa burrasca, non sarebbe mai partita lontano, e non avrebbe incontrato i suoi amici. Scrisse la lettera che segue a Elena.

"Non si stupisca di ricevere questa lettera da parte di una Maddalena, che lei ha conosciuto, e che non esiste più, farebbe fatica a riconoscermi. Le mando una mia foto recente, capirà.

Lei mi ha fatto capire che bisogna guardarsi dentro, dove fa male, di prendere atto che tutti non ce l'hanno con te, non ti vedono nemmeno, ma che sei tu che devi cambiare atteggiamento.

A Verona, non ce la facevo, ero una cretina, insopportabile bisbetica. Non sono diventata un angelo, ma l'ambiente, e le persone così diverse, di modi e mentalità, mi hanno insegnato a vivere, e finalmente sono serena, così vicina alla vecchiaia, senza paure né pregiudizi. Non è poco. Le devo molto, le sono molto riconoscente di avermi aperto la porta a una nuova esistenza. Grazie."

7 Le gemelle

Siamo due gemelle di ventotto anni, mi chiamo Lilli e mia sorella Nora.

Sono sposata con Michele, ho due bambine, un mestiere che adoro, orafa, creatrice di gioielli.

Nora è una studiosa del passato, laureata in etnologia e antropologia, viaggia nel mondo, single per non complicarsi troppo la vita. Questa terra è la sua patria, lavora e segue ovunque il suo prof, antropologo di fama internazionale, lo ammira e forse lo ama. Esercita il suo mestiere come fosse un sacerdozio.

Ci assomigliamo fisicamente, alte, robuste, bionde, tanto seno e sedere, naso corto, bocca grande e denti lunghi, capelli pettinati a coda di cavallo, occhi azzurri, ciglia bionde, il sole non ci ama contraccambiato per forza.

Siamo due personalità che più diverse non si potevano crearle.

Sono quella semplice, mammona, che tocca tutto e tutti, amante del cibo, degli uomini, sensuale.

Nora possiede il cervello di noi due, brava nello studio, un potere di concentrazione eccezionale, la maturità a sedici anni. Ha scelto di comprendere le etnie, le cose, le credenze, le religioni degli esseri umani.

Ci amiamo in un modo animalesco, facciamo fatica a capirci in profondità. Io sarei la sensitiva che tenta di dare un senso a quel che pensa mia sorella, senza riuscirci per forza.

Vivo in città con mio marito, che conosco dall'asilo, architetto urbanista di mestiere. Abitiamo un palazzo in centro, uno spazio studiato da Michele, alla nostra misura, semplice luminoso, terrazze e fiori. Abbiamo due ragazze, Titta, di otto anni, e Dodo di quattro, un gatto soriano e un barboncino di sette anni, balia da sempre di Titta.

Ero incinta di Titta quando ci siamo sposati, studiavo scenografia all'Accademia, ho abbandonato tutto per stare con la piccola, dopo ho fatto la gavetta da un amico orafo, il mondo delle pietre semipreziose, dell'oro, dell'argento divenne una passione.

Non amo cucinare, faccio uno sforzo per nutrire i miei amori in un modo piacevole, con dei prodotti sani, ma odio le pentole, fare la spesa, riempire sia i borsoni sia il frigorifero. Piuttosto stiro dieci camicie in cambio della visita al supermarket.

Adoro Michele, è unico, bellissimo, simpatico, l'ho sempre visto così, era fatto per me. A quindici anni abbiamo scoperto il sesso assieme, non ci siamo mai stufati, ancora adesso ci divertiamo tanto, a vent'anni è nata Titta, la mia meravigliosa creatura, eravamo la famiglia "Mulino Bianco".

Michele si è ammalato di cancro, è stato curato con la chemio, poi è guarito, fragile ma sempre più prezioso, abbiamo fatto Dodo, come inno all'ottimismo.

La vita è complicata, bisogna sapersi accontentare, vivendo alla giornata ogni minuto, non mi lascio scappare il raggio di sole, il musetto del gatto che guarda fuori, l'occhio del cane che sbircia il mio piatto.

Abbiamo dei genitori favolosi, generosi, ottimisti, sia i miei sia quelli di mio marito.

L'avrete capito sono di natura concreta e gioiosa, un po' superficiale, non mi piace riflettere troppo, credo al mio istinto, finora non mi ha mai tradito.

Esiste una foto di me a cinque anni, rido felice, la manina sul cuore e gli occhi pieni di curiosità, non sono molto cambiata, il bicchiere è sempre a metà pieno...

La gente felice non fa storia, sembra, mi lascio tentare lo stesso.

Non temete, capirete più avanti, per ora vi lascio con Nora.

Nora

La folle felice, mia sorella d'amore, quella che parla troppo o non abbastanza...

Ebbene sì, siamo due piante robuste, nel fisico, un po' più complesse dal punto di vista dei neuroni.

Detesto i rumori, il chiasso, le effusioni, i bacini, che mi si tocchi e tutto quel che non posso controllare.

Mi dicono invivibile, e chi se ne frega, sto così bene da sola, non ci tengo a condividere niente con chicchessia. Magari esagero un po', con il prof. M. si potrebbe tentare.

Nel quotidiano, ci sono i colleghi, l'argomento da studiare, mia sorella e le sue risate, i genitori sempre in giro per il mondo. Non ho amiche del cuore, ma parlo volentieri con chiunque, mai di questioni personali, si capisce.

Non ho fidanzati, compagni, amanti, il sesso mi fa ribrezzo da sempre, non sono neppure attirata dalle donne, mi definirei neutrale, il corpo mi serve per camminare, mangiare ecc. Diamo troppo importanza al nostro involucro, preferisco usare il cervello che mi è fedele, non pratico nessuno sport. Mi piace il cinema, leggere, i dolciumi, sono sovrappeso di cinque chili, instancabile posso stare su un libro per ore, lavorare per giorni senza né dormire né mangiare.

Non sono modesta, né presuntuosa, un essere poco portato al rapporto con il prossimo, poco enfatica, ebbene sì, niente empatia, soprattutto non fatta per la riproduzione della specie. I bambini mi annoiano, anche i nipoti, lo sa mia sorella, non si offende.

Quando eravamo bambine, i nostri genitori non ci vestivano mai allo stesso modo, ci diversificavano già nella culla. Ci vogliamo un bene che non si può descrivere, Lilli è Lilli, per me vuole dire tutto. Se non fosse la mia gemella, non la frequenterei, siamo la luna e il sole. Il sole essendo lei, l'avrete capito.

Può essere esasperante, spesso, però è coraggiosa, altruista, anche troppo, ama tutto e tutti, si spreca per delle nullità che non la meritano. Suo marito è fortunato, senza di lei non sarebbe in grado di sopravvivere, fa tutto lei, si occupa dei genitori di entrambi con amore, non si lamenta, lo trova favoloso, il regalo della vita. Contenta lei, per me è un fallito, debole di salute, egocentrico, parla molto e realizza poco. Anche da ammalato, è stata lei a trovare il migliore oncologo, l'ha curato per mesi con le diete specifiche, correndo da tutte le parti senza mai una volta perdere il sorriso radioso, guardandolo negli occhi. Ha trasmesso la sua vitalità a quest'uomo così trasparente, che prende molto senza mai restituire. Lei lo definisce un amante eccezionale, ma se non ha mai conosciuto che Michele, che paragone può fare, che ne sa?

Conosco la meccanica del rapporto amoroso, lo trovo un po' ridicolo quest'affanno, questi liquidi un po' disgustosi, rende la gente scema. Perché mia sorella è così infatuata di Michele, un mistero, mi fa pena.

Lilli

Lo so che non sopporta Michele, lo conosce poco, superficialmente, non ha mai provato a considerarlo come un amico, peccato, non sa cosa perde.

Crede che non abbia un metro di paragone con altri uomini, non le ho raccontato tutto della mia vita sentimentale.

Avevo ventiquattro anni, la bambina quattro, lavoravo con un fantastico orafo che insegnava a un gruppo di ragazzi i segreti del suo mestiere. Era un inglese, la fine del mondo, bello, allegro, biondissimo, non mi credeva quando gli spiegavo che dovevo andare a prendere la mia bambina all'asilo. Abbiamo avuto una breve avventura, non platonica, con il mio carattere si doveva toccare o niente. Ho provato i brividi seguiti dai sensi di colpa, per essere onesta, non più di tanto. Ci incontravamo nella sua camera da studente, ridevamo parecchio, era premuroso e molto disinvolto come amante. Per due mesi, ci siamo avvinghiati tutti giorni dopo il corso. Giovani, una salute di ferro, ci davamo al sesso con entusiasmo. È l'unico segreto che ho tenuto per me, Michele lottava con la chemio, grazie a Steve non sono affogata, gli sono grata. Conosceva la mia situazione, non parlavamo, ci accarezzavamo con tanto piacere, il sesso era come una bolla di sapone, bello, evanescente. Sono un'amante facile, il mio corpo ama il sesso, perciò, nessun problema, nemmeno al livello rimorsi, nei confronti di mio marito ammalato. Mi ha fatto bene, ho salutato Steve, una ultima volta, prima che tornasse a Londra, abbiamo fatto l'amore un pomeriggio intero, con un enorme desiderio di farci del bene.

Con Michele siamo legati dalla punta dei capelli alla punta dei piedi, nell'anima, il suo corpo e il mio si appartengono, ma la malattia mi ha sconvolta in tale modo che Steve mi ha salvata del terrore che mi attanagliava.

Non cerco giustificazione, non ne sento il bisogno, era una storia che riguardava solo me stessa, ragione per la quale non ne parlai mai con nessuno.

Questo per spiegare il paragone, ero in grado di farlo a ragione avveduta, mio marito sa usare la sua virilità con la mia femminilità, un vero mago. Non ho mai tentato con nessun altro, mi basta Michele. Sono passati quattro anni, il peggio del cancro allo stomaco è dietro di noi. Guardiamo avanti con i nostri bambini. Scoppiamo di salute, la piccola Dodo va all'asilo, la grande è bravissima, vuole diventare una scrittrice geniale, niente di meno.

Nora

Vado di rado in casa di mia sorella, troppa gente in giro, ridono, ascoltano musica, suonano il piano, la chitarra, mangiano a qualsiasi ora.

Papa e mamma sono giovani pensionati, ex insegnanti, lui di fisica, lei di lettere, al ginnasio, girano il mondo ormai senza rimpianti, ci incontriamo da loro, con mia sorella, tra due scali, non sono ricchi, ma non si fanno mancare niente.

Lilli non ha mai approfittato di loro per tenere i nipoti, troppo orgogliosa, in ogni caso sono raramente disponibili, tra il volontariato, danno lezioni a ragazzi in difficoltà, e le valigie sempre pronte.

Mamma è triste di vedermi sola a trent'anni, ho tentato di spiegare che mi aveva fatto lei in questo modo un pochino strambo, che colpa avevo io!

Non era una vergogna non somigliare al resto della popolazione di questo paese, che glorificava la coppia e la riproduzione nel passato. Però le cose sono cambiate, le statistiche lo dicono, da un po' di tempo le donne non vogliono più fare figli, non è più una priorità, troppi problemi pratici, mancanza di asili nido, pochi aiuti economici ecc. Si vestono sexy, portano dei tacchi inverosimili per attirare l'attenzione di maschi rammolliti, in sciopero di testosterone, come la mettiamo, c'è un po' di contraddizione, o no?

Lasciamo perdere l'argomento, mi annoia e mi deprime.

Dovrei andare in Polinesia, con un gruppo di ricerca inglese, per lavorare in un'isola persa nel Pacifico, dove vive un'etnia che interessa molto il nostro settore scientifico.

Da qualche mese sono stanca, senza ragione, ho scoperto poi un piccolo gonfiore sul collo. Ho fatto le analisi, la biopsia, la diagnosi, si tratta del morbo di Hodgkin, in fase iniziale, le cure sono da iniziare in fretta. Altroché Polinesia, non ne ho parlato in famiglia, solo ai miei colleghi.

Non so cosa dire, non mi spaventa questa malattia, si cura con la chemio e la radioterapia, ci vuole molto tempo e pazienza, sono in buone mani, con un po' di fortuna, nonostante la iella, speriamo di sconfiggerlo questo cancro della malora. Giusto prima del mio sogno, lavorare con i polinesiani su un'isola meravigliosa, la sfiga totale, non c'è che dire. Non ho paura, sono incazzatissima, non è giusto.

Lilli

Nora si è decisa a parlare, la vedevamo dimagrire e sedersi ovunque, sempre stanca, di malumore, non la riconoscevamo.

Il cielo mi è caduto in testa quando ho visto il gonfiore sul collo, enorme, le ghiandole linfatiche che sembravano un gozzo spostato. Come tutte le gemelle, sentivo che qualcosa non andava, ma Nora era sempre stata impenetrabile quando si trattava della salute, non osavo infastidirla, portava sempre un foulard. Poi la rivelazione, il nome dell'oncologo, le cure per mesi, il vivere alla giornata.

Non sembrava avvilita, anzi, quasi sollevata, in un certo senso. Non riusciva più a uscire con il cane per ore. Il risveglio la sfiniva al solo scendere dal letto.

È venuta da me quando ero sola, si è messa a piangere senza riuscire a parlare, mi ha abbracciata forte, non era mai successo.

Il cancro di mio marito era stato debellato in tempo, una calamità alla nostra età, per la nostra coppia, ma la guarigione ci ha fatto capire i valori assoluti della vita, niente più sciocchezze prese sul serio per avvelenarci inutilmente.

Non ho più la forza di rincominciare con Nora, sto crollando psicologicamente, questa sorella mi è indispensabile, non posso immaginaria ammalata o morta, è intollerabile. Sto impazzendo.

Nora

Non ci posso credere, Lilli e la mamma se la sono presa così male che tocca a ME rassicurarle!

Con Lilli, siamo così vicine, che so cosa sente, i miei genitori sono invecchiati di venti anni di colpo. Mamma vuole che venga a vivere con loro. Ho rifiutato, ho assunto una donna di quaranta anni, si chiama Paola, si occupa della casa, del cane, del gatto, e di me, una vera chioccia, divorziata, senza figli. Viene da Bari, solitaria, poco ciarliera, ci somigliamo. Capisce il mio problema, non drammatizza, mi fa sopportare il presente.

Con la famiglia devo sempre fingere, non ne ho più voglia.

Lilli viene ogni mattina fare la colazione con me, dopo avere portato le bimbe a scuola, la sera tocca a mamma portare il cane a spasso con papà.

Sto abbastanza bene, un po' di nausea, sono dimagrita e di schiena sembro una ragazzina, davanti ho la pelle giallastra secca, i capelli assottigliati quasi crespi, non caduti del tutto, senza vita. Non ho più età, sopravvivo, neutralizzata, stranamente non me ne importa niente, va bene lo stesso. Leggo Saul Bellow, il caro Proust, ascolto Leonard Cohen, Hendel. Non sono disperata per niente, ho fatto venire Lilli e suo marito, papà e mamma, Paola, per fare un discorsetto. Non parlatemi più delle mie condizioni di salute, basta, fanno schifo e si vede, sembro una vecchia rinsecchita, ma mi rimane un po' di vitalità mentale. Lasciatemi ancora un po' con i libri, la musica, venite pure ma per pietà non fate finta di ridere, non ditemi che sono stupenda, per favore, dai...

Ho stipulato un documento che prevede il trapasso in Svizzera dove desidero essere da sola.

Non ora, non è il momento, non voglio farvi un dispiacere con queste disposizioni, ma sono l'unica persona a decidere se vale la pena continuare questo lento declino, non il medico né il vostro amore.

La mia vita è stata relativamente corta ma ricca di emozioni, grazie al vostro amore incondizionato, al lavoro, agli animali, una meraviglia, l'ho goduto come pochi, da privilegiata. Questi due ultimi anni sono state alterni, calvario, speranza, disperazione, non me la sento di subire un ulteriore degrado fisico e psicologico. C'è un limite a tutto.

Lilli, mia adorata doppia, ti auguro un futuro magnifico con la tua bellissima famiglia, papà e mamma, senza di voi sarei niente, mi avete fatto felice. Non disperatevi, io non lo sono, la serenità mi facilita il compito del nostro commiato.

PS: non sono mai stata la povera zitella che sembravo, il prof è stato il mio grande amore per niente platonico, nessun rimpianto.

Lilli

Se n'è andata come lo desiderava, sento un vuoto che non sarà mai colmato.

Abbiamo ricuperato il cane, il gatto, Paola vive con noi e mi aiuta nel laboratorio. Le bambine parlano di Nora come se fosse in viaggio, molto lontano, i miei genitori sono in Polinesia, dove hanno portato le ceneri di mia sorella.

Mio marito mi coccola, siamo molto fisici, abbiamo bisogno di unirci per non piangere, e un bisogno fisiologico, una necessità a contrare questo dolore. Il lavoro con Paola ci serve di terapia, riempie le giornate, incontriamo gente, ridiamo, mangiamo, dormiamo, si va avanti in qualche modo.

8 Una bella famiglia

Piove sul lago Maggiore, (il pleut sur le lac Majeur) cantava Mort Shuman in Francia, ce l'ho davanti agli occhi, grigio, la nebbiolina copre i boschi, la mia casa è a 900 metri sopra Verbania, sembra un fiordo incorniciato da montagne selvagge. Oggi fa freddo, umido, ma lo spettacolo rimane affascinante di romanticismo.

Sono stata concepita in questo luogo, tornata a viverci decine di anni più tardi, con la sensazione di appartenenza.

Mi chiamo Tina, ho cinquantatré anni compiuti da poco, siamo in settembre, papà e mamma sono venuti a farmi visita e ritrovare il luogo dove si sono conosciuti così bene.

Eravamo negli anni sessanta, mamma, francese, visitava villa Taranto e incontrò un giovane di nome Andrea, il suo era Claude. La scintilla accese i cuori, si ritrovarono a Baveno per ballare, e, qualche giorno dopo, in cima al Belvedere, i loro venti anni più gli spiriti bollenti mi misero in cantiere.

Non c'era la pillola ancora, la notizia non scatenò l'entusiasmo da nessuna parte, sia dai protagonisti sia dai rispettivi genitori, furibondi.

Il sapore di sale di Gino Paoli andava forte, aveva dato alla testa, non c'era dubbio!

Andrea era studente al Politecnico, in ingegneria a Milano, viveva in famiglia, figlio unico, coccolatissimo.

Claude studiava architettura in una città universitaria, in Francia, in casa, pure lei dai genitori, in adorazione della loro unica figlia.

Non c'erano i mezzi di comunicazione attuali, le telefonate erano spesso sentite da tutti, niente privacy! La lontananza aumentava il desiderio a un livello inverosimile.

Le discussioni di Claude con sua madre erano burrascose, non voleva abortire né sposarsi. Avrebbe interrotto gli studi qualche anno per allevare il pupo, che problema c'era?

I suoi genitori erano giovani, quarantacinque anni a testa, ma non gradivano il giovane che doveva studiare altri tre anni, un minimo, prima di laurearsi, e soprattutto l'ostilità dei Milanesi nei confronti della figlia. La francesina era considerata una poco di buono che voleva fregare l'ingenuo figliolo per farsi sposare.

I due innamorati si ritrovarono tre mesi prima del parto. Claude, con il suo pancione, piangeva, e tentava di spiegare ad Andrea perché non voleva sposarsi in queste condizioni. Era meglio aspettare sul da farsi, non se la sentiva proprio.

Sono nata in Francia, di nome Tina (mia madre mi chiamava sempre in italiano patatina) con il cognome di Andrea, il neo padre, confuso, spaventato, ciò nonostante sempre innamorato.

Erano tutti due minorenni, all'epoca la maggiore età era ventuno anni. Problemi di carte a non finire, ma Claude non voleva proprio sentire parlare di matrimonio, si sentiva offesa.

La nonna italiana venne a vedere che razza di nipote le toccava sopportare.

Erano tutti d'accordo per dire che ero Stupenda, 3,50 chili alla nascita, biondina, riccioluta, due grandi occhi azzurri, tranquilla e sempre affamata.

Come si poteva prevedere, fu la nonna francese a occuparsi di me fino a sei anni, Claude si è laureata in architettura, studiava e lasciò Andrea al suo destino.

Gli anni sessanta e settanta furono molto movimentati per Claude, militava, mi portava con sé ovunque, nel Larzac, uscendo con i suoi amici. Pascolavano le pecore, lavoravano la lana grezza, erano molto valorizzati i lavori manuali, fare il pane, l'amore, grazie alla pillola appena scoperta. La mia infanzia fu straordinaria, ordine con i nonni, l'asilo, la scuola, follia pura con mia madre. Ho solo ricordi belli. Non c'era l'obbligo di lavarsi troppo, in campagna, giravamo seminudi, c'erano tanti bambini con i quali giocare. Le ragazze madri si ritrovavano, si scambiavano i compiti, una volta a te, una volta a me, a lavare i panni alla fontana in acqua gelida, gli zoccoli di legno ai piedi, di gran moda, a nutrire sei o sette marmocchi sporchissimi, tutti felici con cani e gatti al seguito nella comunità.

Questo avveniva d'estate, a settembre si tornava alle regole, la scuola, la nonna, adorabile, vedevo la mamma solo il sabato, perché lavorava a Parigi.

A un certo punto Claude fu trasferita a Milano, dal suo capo, in uno studio di design di fama internazionale e riprese contatto con Andrea.

Anche lui aveva terminato gli studi, si era laureato con il massimo dei voti, aveva sospirato dietro alla francese, poi consolato con una bellezza piemontese, senza fare tutte le follie di mia madre. Lavorava in una grossa fabbrica di automobili, serissimo dott. ing., pivello e fiducioso.

Viveva sempre da papà e mamma, s'incontrarono per puro caso in Galleria Vittorio Emanuele, sembra impossibile eppure...

Andrea era rimasto molto male dell'atteggiamento di Claude, non la capiva, ma era così sorpreso e felice di rivederla che andarono a cena insieme.

Claude abitava con tre ragazze in un residence vicino al parco Sempione, a due passi della casa dei genitori di Andrea.

Erano ormai ventottenni, non del tutto maturi, ma più consapevoli dei loro sentimenti. Andrea veniva a trovarla nel residence, dove stavo anch'io per le vacanze di Pasqua. Mi guardava incredulo, sua figlia in carne e ossa, non mi vedeva dalla mia nascita, mi salutò in un buffo francese e mi piacque il suo modo così rispettoso di riprendere i contatti con una realtà non semplice per nessuno dei due. Non avevo sofferto la mancanza di un padre, il nonno mi bastava, molti miei coetanei vivevano la medesima situazione, nati prima della pillola. Molte ragazze non si sposarono per scelta, nonostante le pressioni familiari, allevando i figli come meglio potevano, spesso in modo "sportivo".

Mi portarono dai nonni paterni, sempre sospettosi nei confronti di mia madre, m'innamorai all'istante del nonno, ricambiata mille volte. La nonna faceva fatica a sopportare Claude, ma capii subito che io le piacevo, anche perché ero il ritratto in biondo di suo figlio adorato, un bel colpo di fortuna, non c'era dubbio, la natura aveva fatto un buon lavoro, mi era andata di lusso. Era un osso duro, la nonna, non si scherzava sui bei modi, la buona educazione, il non sporcarsi, non urlare, non che fossi un diavoletto, in Francia i rapporti con gli adulti erano meno formali, ecco tutto.

Ci fu un po' di tira e molla, i miei genitori si sposarono a Milano, io rimasi in Francia per non perdere l'anno scolastico.

Avevo dieci anni quando rimasi a vivere a Milano, per la prima volta a casa di papà e mamma, neo sposi, una novità per tutti noi. Abitavamo in un palazzo recente, vicino alla metropolitana, settimo piano, un appartamento luminoso, avevo una stanza e una tata che si occupava di me, perché Claude e Andrea lavoravano fino tardi la sera. Il nonno veniva spesso a portarmi in via Palestro, nei giardini, mi raccontava la sua infanzia, cenavo ogni tanto a casa loro, la nonna cucinava gli gnocchi fatti da lei, la mia passione tuttora, con un sughetto al pesto delizioso. Sentivo che si scioglieva, mi comprava dei vestiti bellissimi che mamma odiava, preferiva vedermi con i jeans. Non c'era verso, queste donne non erano compatibili, la nonna avrebbe preferito che Andrea sposasse la Piemontese, così alla mano e bellissima, non questo mostriciattolo straniero, spettinata, mal vestita, un poco cafona.

Ho vinto sui due fronti, in Francia con dei nonni che considero come i miei veri genitori, mi hanno curata e allevata, in Italia perché ormai sono la coccola pure della nonna, che stravede per me. Andrea e Claude si amano, e si vede, sono attenti al mio benessere, severissimi sul rispetto verso gli altri.

Sono riuscita a farmi regalare un gatto, grazie al nonno, i miei non volevano nuovi impegni, però ce l'ho fatta, la mia vita è cambiata, per sempre, con l'arrivo della Micetta. Toccavo il cielo con due mani. Era una tigrottina di tre mesi, svezzata, pulitissima dal suo arrivo, ho capito che gli animali sarebbero stati il mio destino, anche mia madre. Curavo la gattina, pulivo la sabbia, le davo da mangiare, dormivamo assieme, eravamo inseparabili.

Gli anni passarono in fretta, morirono i nonni francesi, poi i miei cari italiani, Claude e Andrea erano giovani pensionati, sempre indaffarati, papà con gli scacchi, i tornei come arbitro, mamma attaccata al computer, appassionata delle nuove tecnologie.

Hanno un cane, di cui sono responsabile. Lo adorano, ma poco autorevoli come padroni, e ne approfitta senza vergogna.

Mi sono laureata in economia in un'università francese, mi risultò utile in seguito.

La mia vita amorosa non è mai stata prioritaria, volevo occuparmi di ricoveri per animali, prima come volontaria e chissà in un futuro, creare un'associazione con finanziamenti autonomi. Come fare? Dove trovare le sovvenzioni, i fondi, senza legarsi alla politica, a ditte di prodotti per animali ecc... senza compromessi, un sogno utopico, mi dicevano tutti.

A trenta anni mi sono innamorata di uno pazzo come me, che condivideva la passione per il mondo animale.

Con le eredità e qualche risparmio abbiamo comprato una fattoria abbandonata, con tanto terreno, sopra il lago Maggiore, prima della Valgrande, rimanemmo a secco, senza un soldo in tasca. Continuavamo a lavorare nel settore della comunicazione, avevamo bisogno di soldi, abbiamo rimesso in piedi la fattoria, ripulito i dintorni per anni, niente ferie, né week end, il nostro scopo ci dava delle ali. Prima sono arrivati cani e gatti, poi gli asinelli, seguirono le pecore per la lana. Abbiamo aperto un agriturismo gestito da amici del settore alberghiero, con un cuoco. Arrivarono due stallieri per curare i cavalli che prendevamo in pensione dai proprietari.

Con il mio compagno, Carlo, vivevamo con gli stivali di gomma dal primo sole al tramonto, si scendeva in città solo per fare la spesa, collaboravamo con una clinica veterinaria di fiducia, il sogno era diventato realtà, non sempre facile da gestire, come si può intuire.

Mia madre mi ha regalato la sua eredità dalla vendita di una casa dei suoi genitori, l'abbiamo subito investita in macchinari, fuori strada pick up, falciatrici, taglia legna ecc.

Lavoriamo in venticinque persone a tempo pieno, tutto l'anno. Carlo è il maestro, la testa pensante, gestione del personale, della parte economica, io curo gli animali, ci sono anche le mucche, le galline, i conigli, tre cani da pastore, border collie, una dozzina di varie razze e misure, una ventina di gatti. Nel settore dell'agriturismo coltivano un orto che produce il fabbisogno di verdure, si compra l'olio e il vino, il caffè, la cioccolata. Fanno il pane e i dolci.

Avrete capito che non si mangia carne, le uova sì, tutti i tipi di formaggio, o bovino o caprino. Non siamo fanatici, precisiamo solo che da noi non si mangerà né carne né pesce, le proteine animali sono solo nei formaggi, il burro, le uova. Le galline girano libere nei pascoli, di giorno, e rinchiuse nel pollaio di notte. Le volpi, faine, donnole, aquile, civette, roditori di tutti generi ci rendono la vita difficile, ma sono a casa loro nei boschi, siamo noi gli intrusi.

Claude viene ogni tanto dare una mano nell'agriturismo, ha decorato le camere e il ristorante, in modo semplice, con materie prime molto raffinate ma funzionali. Andrea ci ha fatto installare dei macchinari per facilitarci la vita, è un padre affettuoso, e grazie agli scacchi è diventato un mito per Carlo.

Dormiamo con tre gatti e quattro cani che ci sorvegliano a turno. I miei capelli sono sempre spettinati e ricci, non più biondi ma sale e pepe, la pelle piena di rughe. Carlo mi trova bellissima, nonostante un sovrappeso di quasi quindici chili che fa imbestialire Claude, che mi vorrebbe mettere a dieta e ridurre questo petto, sedere e cosce esagerati, pensando che ha dovuto lottare quando ero piccola per ingozzarmi.

Siamo una famiglia serena, niente è stato regalato, non ho avuto figli, chissà perché?

9 Ritrovarsi

Eravamo due inseparabili, dall'asilo alla maturità, Carla, la spilungona, magra e mora e Mimma, piccola, tonda, coperta di efelidi, i capelli rosso fiamma.

Le loro strade si sono separate quando Carla scelse inglese all'Università, Mimma economia e commercio.

Il primo anno si telefonavano per ore, poi sempre di meno. Carla partì in Inghilterra per un anno, la sua amica s'innamorò di Massimo e si sposarono in fretta, aspettava un bambino, chiamò la sua compagna per farle da madrina.

Carla

La vita era un continuo giro tondo, ci si perde, ci si rivede o no, il caso? Chissà...

Ora siamo tutte due cinquantottenni, sole, i figli hanno la loro vita, abbiamo deciso di comprare due piccoli appartamenti sullo stesso piano di un palazzo nuovo, vicino a un supermercato, una farmacia, e dei giardini pubblici. La vecchiaia essendo alle porte, meglio anticiparla quando ne siamo ancora capaci.

Ci siamo ritrovate per puro caso in Liguria, durante l'estate, lei ospite in casa del figlio, io da mia madre a Borgio Verezzi. Ridevamo come pazze, nel mini supermercato, con il carrello in mano, felicissime di riattaccare il nostro sodalizio, come se non fossero passati tanti anni. La vita aveva lasciato le sue tracce, ma la nostra amicizia era come certe piante che sembrano sfiorite e che riprendono vigore ancora più vivace di prima.

Ormai sole tutte e due, i figli in giro per il mondo, con i compagni e famiglie al seguito, libere di disporre delle nostre vite. Io avevo anticipato la pensione da un anno, lei pure. Si decise così in fretta di vivere vicine.

Abbiamo rotto le scatole a varie agenzie, poi finalmente trovato due alloggi di 70 metri quadrati ciascuno. Il più difficile fu di liberarci del passato, avendo accumulato di tutto di più. Nessuno nelle nostre famiglie rispettive desiderava i nostri ciarpami, regalammo tutto a una giovane coppia che apprezzò il risparmio se non altro. Non potevamo più soffrire il modernariato anni settanta che ci piaceva tanto all'epoca.

Entrare nella vecchiaia non si può scegliere, ma vivere nel vecchiume, sia mai detto. Siamo diventate minimaliste anche nel vestire, il cibo, non nel bere, un po' d'indulgenza ogni tanto, un cicchetto alla nostra salute, con moderazione relativa... ci vuole.

Ho un cane preso al canile, meticcio di tre anni, piccola taglia, otto chili di peso, bianco e biondo a pelo lungo, bravissimo, Carla, due gatti, una soriana tigrata, e una bianca e nera, due sorelle di sei anni.

Come vedete, siamo pronte ad affrontare gli anni a venire, da manuale. Poco ingombro, case facili da pulire, spese ridotte, animali fedeli per la compagnia, ci manca solo la passione per i lavori a maglia e il quadro è completo.

Non credere che siamo ridotte come ruderi, non abbiamo ancora gettato la Spugna. No, signori, solo consapevoli, non è la stessa cosa.

Carla è sovrappeso, i suoi capelli hanno uno strano colore, misto bianco e rosso, sembrano rosati, li tiene raccolti a coda di cavallo, come da ragazza. E piena di curve, un po' di pancia, una bella donna con un sorriso che è costato carissimo, sia per il prezzo del dentista che per il male che ha dovuto subire per mesi. Però il risultato è notevole, di più, sfavillante, direi. Dovrebbe dimagrire ma è così pigra, odia il fitness, le palestre, sono come lei, pratico i miei esercizi di yoga tutti giorni e medito, lei se la ride.

Non siamo più in fase di seduzione, abbiamo dato abbastanza in passato, la salute non si fa sentire, è discreta.

Sono sempre alta e magra, poco seno, sedere, le gambe toniche dal grande camminare con il cane. I capelli sono grigio perla, mi stanno meglio adesso che il nero passato, tagliati corti. Vesto comodo e semplice, poco colorato, grigio e blu scuro, scarpe da footing, sono piena di rughe e non me ne frega niente. Mi trucco poco, un po' di rimmel sulle ciglia, una crema idratante, Carla non esce senza rossetto, la forza dell'abitudine. Volete sapere cosa abbiamo combinato da giovane, davvero? Sarà lunga.

Incomincio io e passo la staffetta a Carla che vi racconterà quel che non so.

Dunque mi sono laureata, poi andata a Londra per un anno. Desideravo insegnare da sempre, mi piaceva il mondo scolastico, più che gli allievi, grave errore.

Ho subito lavorato in un liceo a Verona, primo posto con il batticuore per un collega insegnante di matematica. Entrambi con il fuoco sacro, militanti convinti di sinistra, estremisti con la nostra bibbia: il Manifesto. Torniamo indietro per spiegare da dove provengo. Mio padre è un ingegnere civile, sempre vissuto a Milano, lombardo da generazioni, votava liberale, lettore fedele del Corriere tutt'oggi. Ha ottantatré anni e non s'interessa più alla politica, come mia madre, laureata in lettere, casalinga, devota a mio padre, anche lei milanese. Vivono in una casa enorme vicino a Corso Sempione, con una giovane filippina che dà una mano per le pulizie, mia madre non lascia a nessuno la direzione dei lavori, della cucina, del vestire. Fa comodo a mio padre che potrebbe uscire in pantofole senza accorgersene. Sono stata il cruccio della loro vita, con la mia voglia di cambiare questo mondo borghese dove mi hanno fatto crescere, irriconoscente, ingrata, incomprensibile. Hanno conosciuto il sessantotto, sono nata nel 1964, prima della pillola, dell'aborto, del divorzio, un'altra epoca per tutti.

Noi credevamo, con il mio innamorato, nell'uguaglianza delle possibilità, poi ci fu il crollo del muro di Berlino, il travaglio difficile del partito, rifondazione. Avevamo visto nascere la violenza delle Brigate Rosse, peggio ancora, ci sembrava l'unica via percorribile in quel periodo, eravamo partecipi senza stati d'animo, la rivoluzione, la volevamo davvero, ciechi dall'odio di classe, da dove provenivamo in gran parte. Frequentavamo solo gente come noi, la nostra famiglia politica, settarismi di base, qualche operaio, ma pochi. L'ARCI era la nostra casa, si cantava si sognava, si rideva, si mangiava, si organizzavano le marce contro il regime del momento, tutti fascisti, si andava in vacanza a Cuba.

Il mio compagno si chiamava Matteo, figlio di genitori veneti, del Polesine, operai a Mestre, dove vivono tuttora, anche loro ultra ottantenni.

Il caro Matteo era un bravissimo toso, come si diceva a Verona, il putelo adorato dalla mamma, arrabbiato da sempre delle condizioni sociali così marcate del paese. Ero innamorata di lui anche perché era molto carino, aveva dei capelli biondi stupendi, degli occhi, non vi dico... mi piaceva tutto di questo ragazzo, tanto.

I problemi sociali suoi diventarono i miei per forza, ancora più arrabbiata se possibile. Per cinque anni fummo fedeli ai nostri compagni, colleghi di appartenenza, Matteo piaceva a tutti, maschi e femmine, non diceva mai di no a nessuno, si dava con generosità e mi disperavo. Tornava sempre più spesso ubriaco fradicio, alle cinque del mattino, buttandosi sul letto senza una parola, tasi che ti capisse nient.

Ingoiavo amaro, gli stavo alle calcagna, mi trattava male in pubblico, figlia di papà puzzolente, piaga parassitaria ecc. Poi si faceva la pace tra le lenzuola, una frenesia di sesso che annullava l'intelligenza.

Se ripenso a Matteo, sento ancora un languore ben preciso, seguito da una rabbia esagerata. Era fatto così, il toso, troppo bello, insegnante rispettato dagli allievi, i suoi fan assoluti, un amante con i fiocchi, instancabile, eravamo molto giovani, militante fanatico di pura retorica, un partner infernale.

Ci siamo lasciati molto male, ho chiesto il trasferimento, l'ho tradito con Federico, conosciuto in casa dei miei genitori, giovane collaboratore di mio padre, ingegnere pure lui.

La dolcezza dopo la tempesta, non ero abituata a un rapporto sereno. Federico era gentile, bene educato e soprattutto molto innamorato di me. Mi lasciavo amare, non mi dispiaceva, ma non ricambiavo la sua passione.

Ci siamo sposati civilmente, rideva quando parlavo di sindacati, delle riforme scolastiche. Lui votava Pannella e la Cicciolina, non credeva alla buona fede in politica. Abbiamo messo al mondo due bambine gemelle.

Sono sempre stata una lettrice famelica, leggo di tutto, come mia madre, lei è molto più colta di me, selettiva nei suoi gusti. Quando la vita si fa difficile, leggo i miei adorati romanzi inglesi, mi tira su.

Federico ha fatto carriera, guadagnava un buono stipendio, e avrebbe apprezzato che smettessi di lavorare per occuparmi a tempo pieno delle gemelle.

Lo sapevo dall'inizio, ero la donna sbagliata per quest'uomo quadrato, aveva solo dei pregi, mi sentivo un mostro. Le bambine crescevano bene, amavano il padre, mi temevano, aspettavano le coccole da Federico, senza illusioni.

Mi confidavo con mia madre, le spiegavo che non ero al posto giusto, ero un inganno, sopportavo Federico, sempre così premuroso nei miei confronti, ogni giorno più insofferente, anche con le bambine.

Sono crollata di colpo, ho perso la memoria, conosciuto l'anoressia, la depressione che mi hanno rovinato tre anni di non esistenza, di vuoto assoluto.

Sono seguite le cure, gli psichiatri, un'analisi freudiana, lo yoga, la meditazione, sono tornata in vita, senza più colpevolizzarmi. So che ho sbagliato a sposare Federico, non sono una buona madre perché non amo l'uomo che me le ha fatto fare. Abbiamo divorziato, le ragazze sono state affidate al padre, sono tornata a insegnare, e faccio delle traduzioni per una casa editrice.

I miei genitori erano distrutti da questo disastro, io ho ripreso a fare progetti.

Presi in affitto un appartamento, le bambine passavano le vacanze estive con me, avevamo un rapporto bizzarro, più amichevole che madre figlia, però molto affettuoso.

Poi è arrivato Massimiliano, ex campione di triathlon. Il suo mondo mi travolse, ne ignoravo l'esistenza.

Nato in Piemonte, in Val Formazza, i suoi genitori erano allevatori di pecore e di bovini. Vivevano in autarchia nella fattoria. Era cresciuto forte e molto tenace, si era fissato un obiettivo che non mollò mai, si arruolo nelle Fiamme Gialle, allenandosi come un forsennato, vinse medaglie ovunque ma quella d'oro delle Olimpiadi gli portò il benessere. Come Matteo, Massimiliano era bello, occhi azzurri, un sorriso che faceva capire che quest'uomo aveva una volontà d'acciaio, otteneva quel che voleva.

Non si sa perché scelse me, non ero bella né seducente, troppo magra, appena uscita dell'anoressia, mi piombò addosso e non mollò più. Ebbe l'intuito del come accalappiarmi, ci riuscì benissimo.

Ero nelle Dolomiti con le mie figlie, frequentavamo una scuola di roccia con Enrico, una guida del posto. Una sera, dopo una gita sulla Roda di Vael, arrivò con i suoi amici nel rifugio. Si mangiava tutti allo stesso tavolo, si cantava, si rideva. Uscì per fumare una sigaretta, me lo trovai davanti, al buio, mi disse che desiderava incontrarmi da sola, a Vigo, e mi diede un appuntamento per il giorno seguente.

Andai come se fossi telecomandata, lo vidi e fummo a letto senza aprire bocca, era un'evidenza. Mai successo in vita mia, così infiammabile, non mi riconoscevo. Ha risvegliato un istinto che non sapevo di possedere. Avevamo niente da spartire, al di fuori di quel che ho già detto.

Appena le bambine a letto, correvo da Massimiliano come un'invasata. Avevo quarantadue anni, le mie figlie dodici, si chiedevano come mai quest'uomo veniva così spesso a trovarci. Per scopare, bambine, vostra madre non pensa più a nient'altro, tutto il giorno a scarpinare con Enrico, e la notte con Massimiliano, stanca morta, rilassata come non mai.

Enrico mi conosceva da quando ero bambina e venivo da lui con mio padre, mi mise in guardia, Massimiliano era sposato con una donna stupenda, ex campionessa di discesa, medagliata olimpica, gestivano un albergo. Sapeva che suo marito sgambettava con le turiste, ma tornava sempre da lei e dai quattro figli.

Non me ne importava niente, carpe diem era diventato il mio motto. Del domani, a questo punto, urlavano più forte gli ormoni incandescenti. Questa relazione è durata una decina di anni, a date fisse, Pasqua, il mese di agosto, veniva qualche volta a Milano. Non si trattava più solo di sesso, il polo nord incontrava il polo sud, non avevamo niente da dirci ma ci capivamo benissimo, al volo.

È finita senza dolore, siamo sempre amici, ha quindici anni più di me, è un bellissimo vecchietto, simpatico, sempre positivo e affettuoso.

Sono otto anni che vivo da sola, mi sta bene ora con Carla, ci divertiamo come pazze, non era mai successo quando eravamo giovani, ci prendevamo sul serio, due stupidine ignoranti.

Vi lascio ora con Mimma, capirete perché siamo bene abbinate.

Mimma

All'asilo, Carla era il discolo, io la brava bambina, ci univa il contrasto. Suonavo il piano, lei la chitarra, camminava per ore, io poltrivo in poltrona a leggere. Non aveva mai fame, divoravo biscotti e formaggio. Andavamo al cinema due volte alla settimana, un'epoca straordinaria di registi di grande talento, ammiravo Meryl Streep, Monica Vitti, Audrey Hepburn come mia madre, senza dimenticare il giovane e bellissimo Robert Redford. Ho visto La mia Africa decine di volte, erano troppo tutto quei due, invidiavo la Streep.

Sono figlia unica, mia madre mi ha messo al mondo a diciannove anni, ovviamente prima della pillola, siamo identiche, due gocce d'acqua: rosse di capelli, tonde dappertutto, lentiggini, sedere e seno grossi. Mio padre era anche lui a scuola quando sono nata. I nonni hanno aiutato la coppia a finire gli studi, occupandosi di me. Si sono molto amati da giovani e odiati da adulti. Non si sono sposati, per fortuna, mia madre vive ora con un suo collega insegnante nello stesso liceo da trenta anni.

Ho seguito le orme materne, mi sono innamorata dell'uomo della mia vita a diciassette anni, aveva sette anni più di me, un vecchio in poche parole.

L'ho sedotto io, mi sono gettata su di lui, mi piaceva troppo, eravamo a una serata da amici comuni. Non lo mollavo più, ero peggio dell'edera, si stava laureando in agronomia, io terminavo il liceo.

Ha voluto sposarsi, ho conosciuto i suoi genitori, gestivano una tenuta agricola, coltivavano pesche, ciliegi, e la vigna nella Valpolicella, un vino che esportavano in tutto il mondo.

Li vedevo vecchi ma erano solo quarantenni, lavoratori accaniti. Sono stata accolta come una figlia ben voluta. È nato mio figlio Emmanuele, festeggiato come un principino ereditario.

Mia suocera si chiamava Giovanna, bella, solare, forte, mi ha subito trovato un lavoro nella gestione dell'azienda, in un ufficio accanto al suo.

Mia figlia è nata un anno e mezzo dopo, identica a suo padre.

Devo descrivervi Massimo, è più bello di Tom Cruise, un sorriso dello stesso genere, bei denti che divorano, molto più alto, biondo scuro, pelo dorato dappertutto, uno schianto. Non parla molto e sorride nei baffi. Lavorava con suo padre, si occupava del personale, girava il mondo, toccavo il cielo con un dito.

Giovanna si ammalò di cancro al pancreas e morì a quarantasei anni. Mio suocero ebbe un incidente di macchina, fu ferito alla schiena, paralizzato dalle due gambe, ridotto a una sedia a rotelle, si sparò un colpo di fucile, suicida.

Una sciagura dopo l'altra, Massimo lavorava notte e giorno, mi prese come assistente, avevamo un'azienda in pieno sviluppo e molto personale da gestire, non c'era più tempo per piangere, dovevamo pensare solo alla ditta.

Un po' alla volta, Massimo prese l'abitudine degli aperitivi, dei pranzi con i clienti, dei vini pregiati da assaggiare, mise su una dozzina di chili, la pelle arrossata, come i suoi bellissimi occhi erano un segnale di allarme.

Non era mai ubriaco, solo brillo e sgarbato con me, mi prendeva in giro davanti al personale, imbarazzando tutti con delle barzellette sconce. Nell'intimità, non cercava più a coinvolgermi in giochi amorosi, veloce e senza delicatezza mi prendeva, sfogava il suo bisogno e basta. Mi faceva male e non so perché fingevo di trovare la "cosa" soddisfacente, per vigliaccheria di sicuro.

Emanuele era bravo, la piccola una vera peste, adoravano il papà che li faceva tanto ridere, li portava in giro con sé. Ero all'abbandono in famiglia, non nel lavoro. La ditta occupava i miei pensieri notte e giorno, trascuravo il resto.

Mia madre non mi riconosceva, ero diventata grassa, trascurata, sciatta, mio marito mi tradiva con tutte le donne a portata di mano, sfiorita a quaranta anni, era pazzesco, la mamma sembrava mia figlia.

Massimo ebbe un figlio con la sua amante di venti anni, chiese il divorzio, la risposò subito dopo.

Mi lasciò la casa e la direzione dell'azienda, Emanuele dopo la maturità lavorò con me, nel settore della frutta, della distribuzione, Massimo si occupava del vino, delle vigne. I nostri figli presero in mano la mia successione quando a cinquantatré anni, stufa marcia di questa vita, decisi di smettere di lavorare. Era ora!

Massimo era tornato sobrio, aveva ormai quattro figli con la giovane moglie, sembravano molto affiatati, fu molto generoso con me riconoscendomi qualche merito nella gestione aziendale delle sue famose etichette.

Ero libera di fare **quel** che volevo delle mie giornate quando incontrai Carla, eccoci qua.

Non aspetto niente di speciale, i miei genitori sono arzilli, li vedo spesso, viaggiamo e ci svaghiamo assieme nel bel paese.

I miei figli sono affettuosi con me, ma il loro mondo rimane intorno al loro padre, non si sono sposati, convivono senza fretta di figliare.

Con Massimo abbiamo ormai un rapporto amichevole, ci sentiamo spesso per ragione di lavoro, ceniamo assieme, non saremo mai amici ma eccellenti collaboratori.

La mia vita amorosa è stata breve, tre o quattro anni, non di più, nessun legame con un altro uomo, solo Massimo.

Mi sono rimessa in sesto, dimagrendo di venticinque chili, ma le rughe le tengo, mi definiscono.

Carla: «Dovresti curarti un pochino di più, non si sa mai cosa ti riserva il futuro...»

Mimma: «Lo so io, cosa mi riserva, le ossa rotte, l'osteoporosi, lo stomaco capriccioso ecc. Dai, Bimba, mi vedo allo specchio, scialba, il culo grasso, la pancia pure, il petto penzolone, piena di macchie con questa pelle del diavolo...

Non mi lamento finché c'è la salute, vero!

Però ero burrosa a venti anni, sono invecchiata diventando rancida, come il burro fuori dal frigorifero.»

Carla: «Non essere così impietosa, sei sempre appetitosa, a modo tuo, abbondanza di femminilità, piaceresti a Fellini con tutte le tue curve.

Guardami, un manico di scopa, nessun rilievo, piatto davanti e didietro, uno spaventapasseri...»

Mimma: «Sei così elegante, senza nessuno sforzo. Ti sta bene qualsiasi straccio, io pago una fortuna per somigliare a un sacco di patate...»

Carla: «Sciocca, gli uomini preferiscono le tette, le cosce, morbidezza sotto le mani, ho solo le ossa da offrire.»

Mimma: «Per portarti al letto, ma preferiscono farsi vedere in compagnia di una tizia "chic", è più gratificante. Lasciamo perdere, finché non ho il cancro, il Covid o altre piacevolezze, non me ne frega niente del mio aspetto, perciò amen.»

Carla: «Mettiamola così, abbiamo di che vivere, non siamo ricche, non ci manca niente.

Gli uomini non ci vogliono più, questo l'abbiamo capito da tempo, se ti cercano è per fargli risparmiare le badanti, le infermiere, che regalo!»

Decidono di rendersi utili finché sono in grado di poterlo fare.

Volontariato a tutto spiano, lezioni gratis a ragazzi in difficoltà con l'inglese per Carla, le matematiche per Mimma, la sua materia prediletta, fare delle visite alle vecchie zie, portarle in centro.

I genitori sono più in gamba di loro, indipendenti, acciaccati ma vogliosi di godersi ancora qualche anno finché Alzheimer non distrugga tutto.

E se per caso si presentasse una volta ancora, Cupido, chissà cosa succederebbe, sarebbero in grado di riconoscerlo? Non è detto, ma chi può dirlo?

Copyright © Evelyne Nicod 1987

Autore

Il suo sito: *www.gatteria.it*

http://www.facebook.com/gatteria

info@gatteria.it

instagram.com/evelyne.nicod

Evelyne Nicod è conosciuta per le sue creazioni artistiche legate al mondo felino, dipinti, acqueforti e illustrazioni di prodotti commerciali, come calendari, biglietti, cartoline, chiudipacco, segnaposto, segnalibri, carte da gioco, scacchi, tarocchi, zodiaco e molto altro, per le edizioni "Gatteria".

Dipinti, acqueforti, ex libris, bibliografia, recensioni, filmati sul suo sito.

Ha pubblicato una ventina di racconti nei calendari attuali, e molti ebook con le sue immagini.

LIBRI (PAPERBACKS) RECENTI SU AMAZON

Carpe diem
Villa Celeste
Mestiere: gatto
Schizzi e ritratti
Amitié en parallèle
Da un gatto all'altro
I 12 segni dello zodiaco
Le monde d'Alice Moprez
Le 26 lettere dell'alfabeto
I tarocchi in 22 arcani maggiori
24 esquisses et portraits de femmes
Biglietto di sola andata, però in prima classe

EBOOKS tutti illustrati:

Mestiere gatto 18 racconti illustrati. (IT)
Les tarots du chat in 12 arcani maggiori
Lo zodiaco (IT, FR)
Lo zodiaco in acquaforte (IT, FR)
Scacco gatto in due mosse due novelle (IT)
L'alfabeto gattesco (IT, EN, FR, DE)
Ciccia, un gatto on the road again (IT)
The national Gattery (EN)
Italian Cats, an unusual Deck of cards (EN)

Disponibili su Amazon, Kobo, Google Books.

BIGLIETTO DI SOLA ANDATA
ma in prima classe

Giulia nasce in Italia, la sua famiglia si trasferisce in Francia dopo la seconda guerra mondiale.

La bambina fa fatica a ambientarsi, preferisce il suo paese di origine, vuole studiare e diventare giornalista in Italia. Viaggia in tutto il mondo, torna a vivere a Milano da single, una vera solitaria per scelta.

La sua vita sentimentale è libera, niente legami. Però scopre a cinquanta anni che il suo corpo ha le sue esigenze e corre, anzi si precipita ai ripari.

Mai troppo tardi per volersi un po' di bene. Arriva la vecchiaia, il confinamento, c'est la vie …

La vecchiaia risveglia i sogni nel cassetto delle protagoniste delle due ultime novelle. Una restaura libri e oggetti, le due altre coniugano le loro capacità, per creare un'attività di comunicazione lucrativa e gustativa.

Je suis un arbre .
Mon feuillage débonnaire
Abondant et généreux,
Attire toujours les amoureux
Mon parfum ensorcelant
Fait le délice des passants
Depuis un siècle les saisons
Ont renforcé ma conviction
Qu'être un tilleul est ma vocation

MESTIERE: GATTO
diciotto racconti illustrati

- 2003 La famiglia   Un sole rovente piomba sul sasso graticola che funge da sdraio …
- 2004 È nata una stellina   Questa non è finzione, i personaggi di questo racconto esistono, eccome …
- 2005 Gigi il magnifico   Sembrava un topo gigante per il colore del mantello, ma il suo incedere …
- 2006 Tea, gatta metropolitana   In una notte di luna piena, limpida, nel cortile di un garage del centro …
- 2007 La vera vita di Marie e Bella   Era il 17 mar 1945 in un villaggio innevato dell'alto Jura francese …
- 2008 Gli eremiti   Il viaggio era alquanto pittoresco: ottanta mucche salivano in gruppo …
- 2009 Rosa, io ti salverò   Arrivò in un pomeriggio uggioso, lo splendido corpo muscoloso ormai stremato …
- 2010 Ciccio, gatto urbano   Nella periferia inquinata della megacittà, l'afa di luglio …
- 2011 Il Relais des Anglais   I tre mici vivono in riva al mare in un albergo detto "di charme" …

- 2012 Una bella famiglia   E' nata dispettosa e prepotente, ma la natura generosa nei suoi confronti, ...
- 2013 C'era una volta ... Ciccia   Cullata da una sonnolenza deliziosa, la narratrice fissava il cielo ...
- 2014 Silvestro ed il badante Il suo nome da fumetto gli stava a pennello, bianco e nero come da copione, non bello ma simpatico
- 2015 Furia, l'intruso Mimì, la tigrotta, sta montando la guardia dietro al portaombrelli del corridoio buio, il campanello ha già suonato due volte, chi sarà a quest'ora così tarda? ...
- 2016 Rossolo, il valoroso   Siamo nel Puy-de-Dome, in un albergo circondato da un grande parco, molto rigoglioso ...
- 2017 Mimmo e Mimì, i gemelli scatenati Il mio nome è Mimmo, quello di mia sorella Mimì. Così fummo chiamati dai primi umani che ci presero in casa ...
- 2018 Ciccia forever   Dopo varie esperienze "gattesche" finite in tragedia, fu deciso di non ricadere più in situazioni del genere
- 2019 Dal diario di Ciccia Ciccia, dopo sei anni di zitellaggio ...
- 2020 Piuma La montagna risplendeva nel suo manto verde di giugno. ...

Ciccia
on the road again

avete guardato bene le
olimpiadi di Londra....
da maratona? c'ero
anch'io....

24 Esquissses
et portraits de femmes
PAPERBACK ACQUISTABILE SU
http://www.amazon.it/dp/B08NCCPLCR/

Villa Celeste
ed altre storie
PAPERBACK ACQUISTABILE SU
http://www.amazon.it/dp/B08W7JH7RL/

Da un gatto all'altro
un'antologia
PAPERBACK ACQUISTABILE SU
http://www.amazon.it/dp/8887709971

Biglietto di sola andata
però in prima classe
PAPERBACK ACQUISTABILE SU
http://www.amazon.it/dp/8887709939/

Le monde d'Alice Moprez
PAPERBACK ACQUISTABILE SU
http://www.amazon.it/dp/B08CG2RWCK/

dai calendari 2003-2020
Mestiere:gatto
18 racconti illustrati
PAPERBACK ACQUISTABILE SU
http://www.amazon.it/dp/8887709564

Fine

Bene, se avete avuto la costanza di arrivare in fondo, e pensate che questo libro vi abbia fatto trascorrere un po' di tempo lontano dai problemi quotidiani, potete lasciare una recensione sul sito di Amazon che sia di aiuto nella scelta ai visitatori.

Copyright

Tutti i diritti riservati in accordo alle Convenzioni Internazionali sul Copyright.

Nessuna parte del suo testo può essere riprodotta, testo e immagini, trasmessa, scaricata, decompilata, ricostruita, o immagazzinata in un qualunque supporto, in qualsiasi forma o qualsiasi metodo, sia elettronico che meccanico, sconosciuto o inventato in futuro, senza il consenso esplicito del detentore del Copyright: Evelyne Nicod.

Questo volume è stato stampato nel febbraio 2022 da Amazon